ERNST HINTERBERGER

»Und über uns die Heldenahnen ...«

EIN WIENER KRIMINALROMAN

WILHELM HEYNE VERLAG
MÜNCHEN

HAFFMANS KRIMINALROMANE BEI HEYNE
Herausgegeben von Gerd Haffmans und Bernhard Matt
Nr. 05/94. Im Oktober 1994.

Ein ähnlicher Mordfall hat sich vor einigen Jahren tatsächlich ereignet. Er diente als Ausgangspunkt der Handlung dieses Romans. Die Figuren der Handlung sind jedoch frei erfunden, jede Ähnlichkeit mit lebenden oder toten Personen ist rein zufällig.

Einzig berechtigte Taschenbuchausgabe
Wilhelm Heyne Verlag GmbH & Co. KG, München
Printed in Germany 1994
Konzeption und Gestaltung: Urs Jakob
Umschlagillustration: Gerhard Harderer, Linz
Umschlaggestaltung: Atelier Ingrid Schütz, München
Gesamtherstellung: Presse-Druck Augsburg

ISBN 3-453-08094-7

Ein ähnlicher Mordfall hat sich vor einigen Jahren tatsächlich ereignet. Er diente als Ausgangspunkt der Handlung dieses Romans.
Die Figuren der Handlung sind jedoch frei erfunden, jede Ähnlichkeit mit lebenden oder toten Personen ist rein zufällig.

1

Als im Erdberger Kommissariatswachzimmer in der Juchgasse das Telefon läutete, studierte der junge Inspektor Roman Hauff eben lustlos das Fernsehprogramm der kommenden Woche.

Er hob ab, schaute automatisch auf die Uhr und stellte fest, daß es 9.30 Uhr war.

„Bundespolizeikommissariat Landstraße", sagte Hauff. „Bitte sprechen Sie." Genauso wie er es in der Polizeischule vor einigen Monaten gelernt hatte.

Dann hörte er am anderen Ende der Leitung eine Frau mit schriller Stimme. Die Polizei solle sofort kommen, weil es aus der Nachbarwohnung so stinkt, daß es kein Mensch aushalten kann.

„Wer sind Sie, und wo wohnen Sie?" fragte Hauff. Und wieder ärgerte er sich über die blöden Leute, die einfach irgend etwas, ohne zu denken, ins Telefon sagten.

Nachbarwohnung . . . Welche denn? Es gab Tausende Wohnungen in Erdberg, also auch Tausende Nachbarwohnungen.

Hauff bat seine Gesprächspartnerin, etwas langsamer zu reden, die alte Frau hatte offensichtlich ein schlecht sitzendes Gebiß und war deshalb schwer zu verstehen. So dauerte es eine Weile, bis Hauff dahinterkam, worum es eigentlich ging.

Die Anruferin hieß Antonia Sefcik, wohnte in der Kegelgasse Nr. 14. Ihr ging es darum, daß es aus der Nachbarwohnung, in der eine Frau Keuschnigg mit zwei bereits erwachsenen Kindern, Sohn und Tochter, lebte, impertinent stank. Und daß die Keuschniggs wahrscheinlich irgendwo auf Urlaub waren und vergessen hatten, vorher die Quelle des Gestanks zu entfernen.

Hauff fragte zurück, ob Frau Sefcik sicher sei, daß der Geruch aus der Wohnung der Keuschniggs und nicht etwa von Exkrementen stamme. Er kannte die Kegelgasse. Sie mündete in die Weißgerberstraße, und dort standen die beiden Häuser, die der Maler Friedensreich Hundertwasser entworfen hatte. Seit es sie gab, herrschten in diesem Viertel balkanesische Verhältnisse. Die Häuser waren rasch weltberühmt geworden, und ausländische Touristen rissen sich darum, sie zu besuchen. Täglich kamen ein paar tausend. Aber sie schauten nicht nur, sondern verrichteten auch ihre Notdurft – irgendwo in den umliegenden Häusern, was immer wieder zu Beschwerden und Anzeigen führte. Die hiesige Polizei verfluchte den Maler und natürlich auch die Stadtväter, die den Bau finanziert hatten. Warum mußten die zwei seltsamen Gebäude mit ihren unregelmäßigen Fenstern und ihrer bunt bemalten Fassade ausgerechnet hier in Erdberg stehen?

Frau Sefcik blieb aber dabei. Der Gestank müsse aus der Nachbarwohnung, Nummer 8, kommen, und die Polizei solle doch jetzt endlich etwas dagegen unternehmen. Sonst würden sich die erbosten Mieter an die Beschwerdenummer des Innenministeriums wenden.

Hauff sagte drauf, man würde einen Streifenwagen in die Kegelgasse schicken, und legte auf. Er war sich aber noch immer sicher, daß im Haus Nr. 14 irgend jemand hingeschissen und den Haufen mit einer Fußmatte überdeckt hatte. Und daß die Kollegen von der Funkstreife genau diesen Sachverhalt feststellen würden.

Aber weil Dienst eben Dienst war, rief er über Funk den nächsten Wagen, Berta 2, und schickte ihn zum 14er Haus in die Kegelgasse.

Um 9.40 Uhr erschienen die Revierinspektoren Hans Holler und Siegfried Strohmaier in der Kegelgasse. Sie wurden von Frau Sefcik schon beim Haustor empfangen und zunächst mit Vorwürfen eingedeckt.

„Euch schick' ich 's nächste Mal um den Tod", keppelte die alte und bereits ein wenig windschiefe Frau. „Wenn man die Polizei ruft, muß sie sofort, stante pede, kommen! Weil, wer weiß . . ."

„Bleiben S' freundlich und bewahren S' Ruhe", schnitt ihr der Wagenkommandant Strohmaier das Wort ab. „Wir sind ja eh schon da, Frau. Zeigen S' uns jetzt lieber, wo die Wohnung ist, aus der es stinkt." Er warf einen Blick auf die näherdrängenden Touristen und brummte: „Machen S' kein Aufsehen nicht. Kommen S'."

Kurz drauf standen sie vor der im ersten Stock befindlichen Wohnung der Keuschniggs und stellten fest, daß es wirklich ziemlich unangenehm roch. Die Wohnungstür hatte keine Klinke, sondern bloß einen nicht drehbaren Messingknopf.

Während Holler mehrmals an der Tür läutete, schaute Strohmaier durch das Schlüsselloch und stellte fest, daß mit großer Wahrscheinlichkeit innen ein Schlüssel steckte.

Er schnüffelte auch durch das Schlüsselloch und versuchte auf diese Weise herauszufinden, wonach es stank.

Und plötzlich wußte er, was es war. Und auch, daß dieser Einsatz länger dauern würde. Viel länger als die üblichen Einsätze in der Umgebung der zwei Hundertwasser-Häuser.

Er richtete sich auf und sagte zu seinem Kollegen: „Du, Hansi, drinnen ist was voll Ungutes. Ich glaub' . . ."

Holler nickte. „Ich langsam auch. Na, schauen wir. Vielleicht . . ."

Er zog sein großes Taschenmesser, klappte die breiteste Klinge auf und brummte: „Wenn ich Glück hab', ist wenigstens nicht zugesperrt."

Er schob die Klinge zwischen Tür und Türstock, suchte und drückte und hatte wirklich Glück. Nach einigen Sekunden sprang die Tür auf. Und zugleich drang eine süßlich-muffige Wolke von Gestank aus der Wohnung.

Die alte Frau Sefcik kreischte auf: „Heilige Maria und Herr Jesus! Da fällt man ja direkt um!"

„Bleiben S' nur ja auf dem Gang heraußen, Frau", sagte der Wagenkommandant. „Das da drinnen ist nichts für Ihnen." Dann hielt er sich ein Taschentuch vor die Nase, machte die Tür weiter auf und trat ins Vorzimmer. Er kämpfte mit Brechreiz und wünschte sich weit weg.

Am anderen Ende des Vorzimmers lag eine Leiche, der halbe Kopf fehlte. Sie war im Zustand fortgeschrittener Verwesung. Wolken von Fliegen umschwärmten sie. Auf dem vorhandenen Teil des Kopfes wimmelte es von Maden.

Revierinspektor Strohmaier machte ein paar Schritte ins Vorzimmer. Er stellte fest, daß die weibliche Leiche in einer großen, bereits eingetrockneten Blutlache lag. Auf dem Boden und an der Wand klebten Knochensplitter und ausgetretene Gehirnmasse.

Strohmaier wandte sich um und sagte zu seinem Kollegen: „Ruf das Koat an, Hansi. Und halt die Frau weg. Sag denen, im Vorzimmer der Einsatzwohnung liegt eine Leiche. Schon länger. Sie sollen das SB verständigen. Das da ist ein paar Nummern zu groß für die Sicherheitswache."

Er ging an der Leiche vorbei. „Ich mach' irgendein Fenster auf. Sonst fall' ich um."

„Nicht mach ein Fenster auf!" sagte Holler. „Die EKD-Leute werden die Temperatur messen wollen!"

Hans Holler war ein ehrgeiziger Beamter, der nicht daran dachte, seine Dienstzeit bis zur Pensionierung bei der Sicherheitswache, dem „Trachtenverein", zu verbringen. Er hatte bereits um seine Überstellung in den Kriminaldienst angesucht und las sehr eifrig alle einschlägigen Publikationen für Kriminalbeamte. Daher wußte er, daß vom Erkennungsdienst im Rahmen der Spurensicherstellung auch die Raumtemparatur gemessen wurde. Gerichtsmediziner konnten später aus der Raumtemperatur Rückschlüsse darauf ziehen, wann der Tod eingetreten war.

Er setzte sein Walkie-talkie in Betrieb und gab die Meldung durch.

Währenddessen war Strohmaier weiter in die Wohnung vorgedrungen und hatte im nächsten Raum eine zweite weibliche Leiche gefunden. Weil diese aber in der Nähe des breiten Doppelfensters lag, durch dessen Scheiben ungehindert das Sonnenlicht einfallen konnte, war die Tote sichtlich stärker verwest, und es gab noch mehr Fliegen und Maden. Auch dieser Leiche fehlte der halbe Kopf, und eingetrocknetes Blut, Knochensplitter und Gehirnmasse klebten an den Wänden und Fensterscheiben.

Strohmaier rannte aus der Wohnung und sagte zu Holler, der eben sein „Okay, verstanden!" ins Walkie-talkie gesprochen hatte. „Kannst gleich nochmals rufen, Hansi. 's gibt noch eine zweite Leich'."

Dann konnte er sich nicht mehr halten und mußte erbrechen.

2

Um 9.50 Uhr trafen der Stadthauptmann des 3. Bezirks, Hofrat Eduard Kremser, ferner Kriminaloberst

Rudolf Steinhäuser und der erfahrene Gruppeninspektor Max Grubhofer vom nahegelegenen Kommissariat in der Kegelgasse ein.

Sie betraten die Wohnung, schauten sich die beiden Leichen an, und wie kurz zuvor der Kommandant des Streifenwagens stellten auch sie fest, daß diese Geschichte um einige Nummern zu groß für das Kommissariat war.

Hofrat Kremser schaute nur flüchtig auf die Leichen. Auch ihm war der Anblick zuviel. Aber Steinhäuser und Grubhofer waren alte abgebrühte Beamte, die schon Leichen in schlechterem Zustand gesehen hatten. Sie schauten sich die Leichen genauer an. Grubhofer hielt Notizbuch und Kugelschreiber bereit, und Steinhäuser begann zu diktieren.

„Beide Leichen weiblich. Leiche Vorzimmer: Frau mittleren Alters. Leiche Wohnzimmer: erheblich jünger. Leiche Vorzimmer fehlt vorderer Teil des Schädels. Leiche Wohnzimmer hinterer. Beide voll bekleidet. Leiche Vorzimmer hängt am linken Arm offene Handtasche. Wohnungstür geschlossen. Schlüssel steckt innen. Tür zugeschnappt, nicht versperrt. Vorläufig alles, Maxl."

Steinhäuser schaute auf seinen Hofrat und die beiden Uniformierten. „Gehts aus der Wohnung raus", sagte er. „Zuviel Leut' ärgern nur den Erkennungsdienst und die Mordgruppe. Die sind ja selber ein Haufen."

Dann nickte er Grubhofer zu. „Na komm, Maxl. Schauen wir jetzt genauer. Damit die EKD-Leut' und das SB nicht über uns lachen."

Die Tote im Vorzimmer hatte dunkelblondes Haar mit einigen hell gefärbten Strähnen. Mèchen oder so nannte man das. Sie trug eine Perlenkette um den Hals. An beiden Händen mehrere Ringe. Ums rechte Handgelenk ebenfalls Perlen. Ums linke eine goldene Uhr mit breitem Goldband.

Die Leiche im anderen Zimmer war sichtlich die eines jungen Mädchens. Sie war mit Jeansjacke und Patchwork-Rock bekleidet, hatte an den Füßen Cowboystiefel. Schmuck gab es keinen. An der Jacke aber mehrere Buttons mit Slogans gegen Rassendiskriminierung und für den Weltfrieden. Die Stirn war mit hellblonden Ponyfransen bedeckt.

Die vorhandenen Kopfteile wiesen geschwärzte Einschußlöcher auf. „Da ist geschossen worden“, kommentierte Steinhäuser. „Soweit ich bei *der* Verwesung erkennen kann, angesetzt.“

Grubhofer nickte und schrieb. „Und mit einer Kanone, wie's ausschaut. Weil solche Ausschußverletzungen hab' ich noch nie gesehen. Außer auf Bildern. Ein Wahnsinn.“

„Meinem Gefühl nach“, brummte Steinhäuser, „haben die Täter – oder hat der Täter – die eine von hinten, die andere von vorn erschossen.“

„Offensichtlich“, sagte Grubhofer. Und nach einer Pause: „Es könnt' so gewesen sein, daß der einen im Vorzimmer aufgelauert worden ist. Und die andere, wie sie den Schuß gehört hat . . . Na, das werden die Leut' vom SB schon rauskriegen. Vielleicht . . .“

Er sprach nicht weiter. Denn ihr Stadthauptmann hatte sich zusammengerissen und war, von dem Gefühl getrieben, daß bis zum Eintreffen der Kollegen eigentlich er die Amtshandlung leiten müsse, ins Zimmer gekommen.

Er schaute die Leiche des Mädchens nicht an, auch nicht die Blutspuren am Boden sowie an der Wand und an den Fenstern. Bemühte sich, so flach wie möglich zu atmen, litt unter dem Verwesungsgeruch, ordnete aber trotzdem mit gekünstelter Selbstsicherheit an: „Es gibt noch andere Räume in der Wohnung, meine Herren. Sehen wir uns die an."

Im WC, im Bad und in der Küche gab es nichts. Auch das Schlafzimmer war in Ordnung.

Aber in dem ans Wohnzimmer grenzenden kleineren Raum fanden sie eindeutige Hinweise auf ein weiteres Verbrechen. Offensichtlich war auch hier jemand erschossen worden. Am Boden war eine eingetrocknete, allerdings kleinere Blutlache zu sehen, außerdem wieder Spuren von Gewebe, Knochenteilen und Gehirnmasse.

„Alles nur am Boden . . .", brummte Steinhäuser. „Und viel weniger Blut . . . Und das am Boden irgendwie heller . . . Gerade da . . . " Er schaute Grubhofer an: „Ich tät' sagen, da war ein Teppich . . . Oder der Täter hat versucht, das Blut aufzuwischen . . . Oder . . ."

Grubhofer nickte. „Kommt mir auch so vor. Vielleicht . . ." Er zündete sich eine Zigarette an, dämpfte sie aber wieder aus, als sein Oberst mahnend schaute.

Ungut war das. Bevor die EKD-Leute fertig waren, durfte man nicht einmal rauchen, weil sie sofort raunzten und über Aschepartikel jeierten, die wichtige Spuren versauen konnten.

Er war sich fast sicher, daß die fehlende dritte Leiche in einen Teppich gewickelt und dann weggebracht worden war. Aber warum nur die eine Leiche und die zwei anderen nicht? Und . . .

Andererseits konnte ihm das wurscht sein. Das herauszufinden war Sache der zuständigen Mordgruppe. Die glaubte ja, aus lauter Weltmeistern zu bestehen, und hielt Bezirksbeamte für grenzdebil.

Der Hofrat, der Oberst und der alte Gruppeninspektor schauten sich das kleinere Zimmer genauer an.

Offensichtlich wohnte hier ein junger Mann. Oder hatte gewohnt.

In der Bücherwand standen sicher ein paar hundert Bücher. Bildbände Über Motorsport, Taschenbuchausgaben von Gesetzestexten, politische Bücher, hauptsächlich über die NS-Zeit, aber auch Romane in deutscher und englischer Sprache. Und ganze Stapel von Zeitschriften, offensichtlich nazistisch.

Die andere Wand war mit Posters vollgepflastert. Es gab einen US-Mariner, grinsend und mit dicker Zigarre im Mund. Schwarzenegger als Terminator. Brigitte Nielsen als Lederlady mit rauchender Maschinenpistole unterm Arm. Formel-1-Weltmeister Ayrton Senna. Rocksänger Alice Cooper mit einer Schlange. Ein Wehrmachtssoldat aus dem Zweiten Weltkrieg mit wurfbereiter Handgranate. Churchill, Roosevelt und Stalin in Jalta. Und darübergesprayt: KRIEGSVERBRECHER. Eine nordisch wirkende düstere Landschaft: viel Wasser, umnebelte Berge, grauer Himmel mit einer helleren Stelle, und in dicken, schwarzen gotischen Lettern: EIN JUNGES VOLK.

Auf dem Schreibtisch stand ein kleiner Personalcomputer, und daneben lagen einige Stapel von Nazizeitschriften. Eine Nummer der Zeitschrift „HALT“ trug die Titelzeile: „Gaskammern-Tabu geplatzt.“ Auf einer Ausgabe der Zeitschrift „SIEG“ war eine unappetitliche Karikatur zu sehen, die einen alten Juden bei der Stimmabgabe zeigen sollte. Darunter stand: „HALT! Kein Wahlrecht für Ausländer!“ Eine etwas ältere Nummer von „KLARTEXT“ berichtete über das „Heldenbegräbnis des verstorbenen Kameraden Walter Reder“ – gemeinhin bekannt als „Schlächter von Marzabotto“, weil er die Einwohner dieses italienischen Dorfes liquidieren ließ.

Im Text waren die Worte *„hat unser Kamerad, SS-*

Sturmbannführer, Träger des Ritterkreuzes, bis in seine letzte Stunde seinen Schwur UNSERE EHRE HEISST TREUE getreulich gehalten" unterstrichen.

Das Bett im Raum war ungemacht. Neben dem Bett lag eine Patronenhülse, offensichtlich von einem 9-mm-Geschoß.

3

Die Männer des Erkennungsdienstes und die Mordgruppe 2 des Sicherheitsbüros trafen um 10.02 Uhr in der Kegelgasse ein.

Polizeiarzt Dr. Hubert Kammerer amtierte bereits. Er war wie gewohnt ziemlich alkoholisiert, aber immerhin konnte er erkennen, daß die beiden Frauen schon längere Zeit tot waren.

Die EKD-Leute machten Fotos und setzten die ersten Markierungstafeln. Sie maßen die Temperatur in den drei Räumen, dann rissen sie die Fenster weit auf, um den grauenhaften Gestank ins Freie zu lassen. Anschließend markierten sie die Spuren an den Wänden und stellten die Fingerabdrücke sicher.

Sie verwahrten die Patronenhülse vom kleinen Zimmer in einem Plastiksäckchen. Im Wohnzimmer fanden sie nach einigem Suchen unter einem Schuhkasten die zweite Hülse, die dritte lag unter der Leiche. Auch diese zwei Patronenhülsen kamen in kleine Plastiksäckchen.

Dann riß sich der Polizeiarzt Dr. Kammerer zusammen und stellte mit lallender Stimme fest, daß der Tod der beiden Frauen wahrscheinlich vor vierzehn Tagen eingetreten war. Allerdings könnte es auch eine Woche früher gewesen sein, so genau wolle er sich nicht festlegen. Anschließend gab er die Leichen für die Gerichtsmedizin frei, suchte das WC auf, stärkte sich dort mit einem Schluck aus seinem Flachmann und entfernte sich unsicheren Schrittes.

Während Gruppenführer Ewald Stern mit dem Kriminalbeamten Grubhofer aus dem 3. Bezirk sprach, trat Gruppeninspektor Otto Hotwagner zu Oberst Steinhäuser und streckte ihm die fleischige, von Altersflecken gezeichnete Hand hin.

„Servus Rudi, altes Haus", brummte er. „Lebst auch noch?" Und: „Wann gehen wir zwei alte Hund' denn endlich in Pension?"

Die beiden kannten einander von der Polizeischule, die sie von 1955 bis 1957 besucht hatten, und von ihrem gemeinsamen Dienst in der damaligen Sicherheitswacheabteilung Prater. Danach hatten sich ihre Wege getrennt. Steinhäuser hatte den Offizierskurs besucht. Hotwagner war nicht so ehrgeizig gewesen und hatte es – nur aufgrund seiner Dienstjahre – zum Gruppeninspektor gebracht. Und zu Thrombosen an beiden Beinen, kaputten Rückenwirbeln, einer schweren Bronchitis, und eines Tages war ihm wegen der viel zu vielen Überstunden und Nachtdienste auch noch die Frau davongelaufen – nach 20 Jahren Ehe.

Steinhäuser und Hotwagner waren die letzten Aktiven der damaligen Polizeischüler. Alle Kollegen waren längst in Pension und ließen es sich mehr oder weniger gut gehen, einige waren schon gestorben. Bei diesen Begräbnissen hatten sich die beiden Alten hin und wieder gesehen.

Jetzt hoffte Steinhäuser, vielleicht doch noch Zentralinspektor der Kriminalpolizei zu werden, was dem Generalsrang entsprach. Hotwagner hoffte auf nichts mehr. Außer daß es ihm irgendwie gelingen würde, die unaufgeklärten Fälle zu lösen, deren Unterlagen amtlicherseits „auf Frist" lagen, das heißt: vergessen wurden. Bei ihm lebten diese Fälle in drei Aktenordnern mit der Aufschrift „Ungel. F." weiter.

„Grausen könnt's einem", brummte Hotwagner. „Die Leut' führen sich ärger wie Viecher auf, Rudi. Und wir alte Trotteln sehen nichts wie Blut, Blut und Blut. Und probieren, hier und da draufzukommen, wer's gemacht hat. Damit er dann eine möglichst milde Strafe kriegt und nach Zweidrittelverbüßung wieder losg'lassen wird."

„Raunz nicht, Otto", sagte Steinhäuser. „Davon wird nichts besser. Komm, ich zeig' dir die G'schicht'."

Die beiden gingen durch die Räume der Wohnung. Als Hotwagner die vielen Bücher sah, brummte er: „Nicht zu glauben, was die Leut' alles in sich hineinlesen. Berge! Nur: Weiß ich wie gescheit werden s' davon auch nicht. Und trotzdem derschossen. Gegen eine Puffen nützen halt alle Bücheln nichts."

Das war Hotwagners Art, aufkommende Gemütsbewegungen zu unterdrücken. Weshalb er von manchen Kollegen, vor allem aber von seinem Chef, dem Hofrat August Tamandl und Leiter sämtlicher Mordgruppen, für einen gefühllosen Klotz gehalten wurde, für einen Mann, der kalt wie eine Knackwurst war.

Hotwagner blieb bei der Leiche im Wohnzimmer stehen. Er zündete sich die nächste Zigarette an und rief zu seinen Kollegen ins Vorzimmer: „Na, so kommts doch zu uns, ihr jungen Buben, ihr! Tuts auch was!"

Als Robert Konwalina, Karl Wasenegger und Franz „Burli" Berger IV. hereinkamen, sah er, daß der junge Bezirksinspektor ziemlich blaß um die Nase war. Deshalb sagte er trocken: „Reiß dich zusammen, Robert! Tote schauen halt so aus wie die da. Und wennst das nicht vertragst, laß dich in die Fremdenpolizei oder in die Funkzentrale versetzen. Dort siehst sowas nicht."

Aber in Wirklichkeit war auch er nicht unberührt. Otto Hotwagner hatte schon viele Leichen vor Augen gehabt. Und nicht alle hatten appetitlich ausgesehen. Aber die Frauen mit den zerfetzten Schädeln und das ausgetretene Zeug an den Wänden und am Fußboden zerrte auch an seinen Nerven. Die hier waren im Gegensatz zu den Leichen in den Fernsehkrimis echt. Und alles war voll von Blut, nicht voll von roter Farbe. Er wußte jetzt schon, daß er die zwei Toten lange Zeit vor sich sehen würde.

Als sie im kleineren Zimmer standen, sagte Hotwagner: „Warum ausgerechnet die eine Leiche da weggebracht worden ist, weiß ich nicht. Irgendwie muß der Täter . . ."

Er schaute über das Bücherregal und die Poster an den Wänden. „Die Bücheln da . . . Schaut alles nach Nazi aus." Er deutete auf das Poster mit der gesprayten Aufschrift: KRIEGSVERBRECHER. „Sowas ist doch ein aufgelegter Blödsinn."

Dann schaute er auf das Poster mit der düsteren Landschaft. „So könnt's in Walhalla oder wo ausschauen. Oder was sich die Nazi darunter vorstellen." Er las: EIN JUNGES VOLK und brummte zum Oberst Steinhäuser: „Das war ein Lied. Wir haben es in der Hitlerjugend gesungen. Erinnerst dich, Rudi?"

„Ja", sagte Steinhäuser. *„Ein junges Volk steht auf, zum Sturm bereit* . . . Weiter weiß ich's nimmer."

„Ich auch nicht. 's ist zu lang her. Aber ich kann mich noch erinnern, wie der Schluß war: *Und über uns die Heldenahnen – Deutschland, Vaterland, wir kommen schon!*"

„Mein Grubhofer", sagte Steinhäuser nach einer Pause, „hat eine Theorie, was da gelaufen sein kann. Er glaubt, die Frau aus dem Vorzimmer ist zuerst erschossen worden. Von hinten, weil der Täter irgendwo versteckt war. Dann ist die aus dem Zimmer gekommen und von vorn umgeschossen worden."

Otto Hotwagner nickte. „Glaub' ich auch. Nach allem, was ich seh'."

Er grinste Konwalina und Berger IV. an. „Und was glaubts ihr, Burschen?" Als er ihre Gesichter sah, gab er gleich selbst die Antwort. „Nichts. Logisch." Und zu Steinhäuser: „Die Jungen warten immer, was wir Alten glauben. Weil . . ."

Er sprach nicht weiter, weil sein Gruppenführer Stern mit einem EKD-Mann hereinkam.

Der EKD-Mann hielt ein deformiertes Geschoß in der behandschuhten Hand.

„Das haben wir im Zimmer gefunden. Hinter dem Kachelofen. 9-mm-Para. Und Dumdum. Die Spitze ist eindeutig abgefeilt."

„Merkwürdig", sagte Stern. „Der Täter muß sich bei Waffen nicht gut ausgekannt haben. Sonst hätte er die Geschoßspitze nicht stumpf gemacht."

Und der EKD-Mann erklärte: „Bei Schüssen mit einer Faustfeuerwaffe aus nächster Nähe ist die Wirkung ohnehin stark. Und die Fluggeschwindigkeit des Projektils viel zu gering, als daß sich eine Dumdum-Wirkung einstellen würde."

Hotwagner beschaute das platte und wie verzerrt wirkende Geschoß. „Ja", sagte er zu Konwalina und Berger IV., „der Kollege hat recht. Schauts euch das genau an. Ihr habts sowas vielleicht noch nicht gesehen, Burschen. Und merkts euch: Nur ein Trottel schießt auf kurze Distanz mit Dumdum. Oder vielleicht einer, der es zweihundertprozentig machen will."

Stern ging zum offenen Fenster und schaute auf die Kegelgasse hinunter. Es wimmelte von Touristen, die ursprünglich zu den nahen Hundertwasser-Häusern gehen wollten, jetzt aber neugierig das Polizeiaufgebot vor dem schmucklosen Haus Kegelgasse 14 beobachteten. Einige hatten sogar schon ihre Fotoapparate griffbereit.

Auch sonst war einiges los. Autobusse reversierten, blockierte Autofahrer hupten, die Gasse war lärmerfüllt. Tagsüber ein geradezu idealer Tatort. Man konnte schießen und wurde kaum gehört. Man konnte auch kommen und gehen, ohne aufzufallen.

Oberst Steinhäuser wollte Stern von der Theorie seines Gruppeninspektors über den Tathergang erzählen, ließ es aber bleiben, als er merkte, daß der Kollege vom Sicherheitsbüro nicht zuhörte. Wahrscheinlich, weil er glaubte, die Weisheit mit Löffeln gefressen zu haben, oder weil er sich lieber auf die Ergebnisse des Erkennungsdienstes verließ.

Steinhäuser ließ Stern und die anderen von der Mordgruppe 2 stehen, gab nur Hotwagner die Hand und ging nach draußen, wo sein Stadthauptmann wartete, um zu berichten.

Kurz darauf trat der Stadthauptmann die Amtshandlung formell an die Mordgruppe 2 ab, und auch die drei Mann vom Kommissariat Landstraße verließen das Haus Kegelgasse 14.

Und wieder kam ein EKD-Mann herein. Er meldete Stern, daß in der Handtasche der Toten vom Vorzimmer außer den persönlichen Papieren und einigen Scheckkarten auch drei Säckchen mit Perlen verschiedener Größe gefunden worden waren. Die Tote hieß Ursula Keuschnigg und war dreiundvierzig.

Der Name der anderen Toten würde zu ermitteln sein. Aber ziemlich sicher handelte es sich um die Tochter, Marion Keuschnigg.

Alles weitere würde dem Bericht zu entnehmen sein, der ehebaldigst der Mordgruppe 2 zugehe.

Gruppenführer Ewald Stern wandte sich seinen Männern zu und gab seine Anweisungen.

Der erfahrene Hotwagner sollte sich genauer in der Wohnung umsehen. Wasenegger, Konwalina und Berger IV. mit Hausparteien und Anrainern reden. Vielleicht hatte irgendwer vor vierzehn Tagen oder drei Wochen etwas Verdächtiges oder Auffälliges bemerkt.

Er schickte auch die beiden Beamten von der Streifenpolizei weg, die noch immer rauchend auf dem Gang standen und die Neugierigen in Schach hielten. Dann ging er mit der Nachbarin, die durch ihren Anruf den Polizeieinsatz ausgelöst hatte, in deren Wohnung.

Die nächste halbe Stunde gehörte ganz der schrillen Stimme Antonia Sefciks. Die Alte redete wie ein Wasserfall. Bald wußte Stern alles über die Bewohner von nebenan.

Es handelte sich um die Familie Keuschnigg, bestehend aus Mutter, Tochter und Sohn. Und früher hatte es auch einen Mann und Vater gegeben. Aber der war, wie Frau Sefcik sagte, „ein Lump, dutzendfacher Ehebrecher und Erzschuft, der Frau und Kinder allein gelassen hatte".

Er hieß Rudolf Keuschnigg, war Rechtsanwalt und hatte irgendwo in der Reisnerstraße, in Stadtparknähe, eine angeblich gutgehende Kanzlei. Alimente hatte er seiner Familie nur unregelmäßig gezahlt. Deshalb war die Frau, Ursula, gezwungen gewesen, halbtags bei einigen Juwelieren in der Innenstadt auszuhelfen oder für diese in Heimarbeit Perlenketten zu knüpfen. Die Tochter, Marion, war um die zwanzig und studierte sowas wie Kunstgeschichte. Der Sohn war ein bißchen jünger. Er studierte, soviel Frau Sefcik zu wissen glaubte, „entweder Jus oder was Ähnliches".

Leute kamen fast nie zu den Keuschniggs.

Die Mutter, „diese arme Frau", die ja jetzt tot war,

hatte nur für die Kinder und für die Arbeit gelebt, war von „den Mannsbildern kuriert“ gewesen. Zu Marion kamen hin und wieder andere Studentinnen, ebenfalls überaus nette Mädchen. Zum Sohn, der übrigens Dieter hieß, kam ab und zu ein auffälliger Besucher. Er war ebenso groß und blond wie Dieter, schaute aus, wie wenn er sein Bruder wäre, war aber ein etwas älterer Studienkollege.

Frau Sefcik kannte den Namen dieses Mannes nicht, gab aber an, daß er irgendwie ungut und verwahrlost und ganz wie „ein Verbrecher“ ausschaute. Er sei ähnlich gekleidet gewesen wie die Tschetniks, die man in der Jugoslawien-Berichterstattung des Fernsehens fast täglich sehen konnte.

Auf die Frage Sterns, ob die Keuschniggs – oder vielleicht nur der Sohn Dieter – Nazis oder sowas Ähnliches gewesen wären, wußte die Sefcik keine Antwort. Sie meinte nur, daß heute viele Leute wegen der Flüchtlinge und der Asylanten nationaler dächten als früher. Wien sollte eigentlich den Wienern gehören und nicht dem ausländischen Gesindel. Darum hatten ja „Berge von Leuten“ bei den Landtagswahlen FPÖ gewählt.

Dann tauchten Wasenegger, Konwalina und Berger IV. auf.

Sie hatten nichts Nennenswertes erfahren. Aber auch sie waren mehrfach auf einen jungen Mann hingewiesen worden, der Dieter Keuschnigg ziemlich ähnlich sah, öfter zu Besuch gekommen war und jedesmal mit einem uralten blauen VW-Bus vorgefahren war. Seit etwa drei Wochen war dieser Mann aber ebensowenig wie die Keuschniggs in der Kegelgasse gesehen worden.

Otto Hotwagner hatte sich besonders im kleineren Zimmer umgesehen, die auf dem Tisch liegenden Zeitschriften überflogen und in der Tischlade einen Haufen Kohlezeichnungen mit Landschaften und einem Waldgasthaus gefunden.

Und eine ausziehbare Stahlrute, sowie eine mit vier Patronen geladene Gaspistole der Marke Perfekta, aus der anscheinend noch nie geschossen worden war. Aber das mußte natürlich nachgeprüft werden.

Hotwagner hatte aber noch etwas.

„Mir ist eingefallen", sagte er, „wo ich das Plakat mit EIN JUNGES VOLK schon einmal gesehen hab'. Bei diesem Grandits, oder so ähnlich. Der in diese Geschichte verwickelt war, wo es um die junge Frau gegangen ist. Vor zwei Jahren oder was. Jedenfalls im Wienerwald. Und bei der raus'kommen ist, daß ein anderer der Täter gewesen ist. Ein gewisser . . ."

Er schaute seinen Gruppenführer intensiv an. „Kannst dich erinnern, Waldi? Das war, wie statt dem Robert und dem Burli noch der Poldi und der Schurli bei uns in der Gruppe gewesen sind."

Stern sagte, daß er sich flüchtig erinnere.

„Aber ich genau!" brummte Hotwagner. „Darum ist mir auch eingefallen, daß der Grandits oder so das gleiche Plakat mit den HELDENAHNEN oder dem JUNGEN VOLK hängen gehabt hat. Und der war Mitglied einer Nazigruppe, die sich entweder *Theoderich* oder *Odoaker* genannt hat, jedenfalls war es ein germanischer Name. Na, es muß im Akt stehen, ich kann ja nachschauen . . ."

Er hörte plötzlich zu sprechen auf und sagte kurz: „Ich bin ja ein Trottel! Alt werd' ich, kommt mir vor. Ich hab' nicht hinter die Bücheln geschaut! Kommts, Burschen, helfts mir."

Die fünf Mann gingen ins kleinere Zimmer, leerten das Bücherregal und fanden eine alte Wehrmachtspistole 08.

Hotwagner zog den Knickverschluß zurück. Es war keine Patrone im Lauf. Auch das Magazin war leer.

„Scheiße“, murrte Hotwagner. „Ich reg' mich um nichts auf. Aus dem Krampen ist jahrelang nicht geschossen worden.“

„Macht ja nichts, Otto“, lobte Berger IV. „Gefunden hast sie aber.“

„Vielleicht finden wir in den nächsten Tagen mehr“, sagte Oberstleutnant Stern. Vorläufig versiegeln wir die Wohnung. Die Sachen laufen uns ja nicht davon. Wir fahren jetzt ins SB zurück und machen einen vorläufigen Bericht. Und ich rede mit dem Hofrat.“

Er schaute Berger IV. an. „Du bleibst so lang da, bis die Gerichtsmedizin kommt und die zwei Toten holt. Dann versiegelst die Tür und kommst uns ins SB nach.“

„Und fürcht dich nicht“, grinste Hotwagner. „Die Toten tun dir nichts. Außerdem hast ja deine Ruger-Kanone.“

Berger IV. war schon oft wegen seiner Vorliebe für die Ruger-Commander gehänselt worden. Man sagte, daß er mit der Ruger sogar ins Bett gehe, was natürlich eine grobe Übertreibung war. Aber wenn er daran dachte, mit den zwei zerschossenen Toten nun einige Zeit allein sein zu müssen, war es ihm doch sehr angenehm, in seinem Spezialhalfter die schwere Ruger zu wissen.

Tatsächlich mußte er fast zwei Stunden warten, bis die Männer mit den Stahlblechsärgen auftauchten.

Es würde sehr viel länger dauern, bis sich irgendein Arzt in der Sensengasse dranmachte, in den verwesenden Leichen herumzustochern. Und noch länger, bis der Obduktionsbefund im Sicherheitsbüro einlangte.

Bis dahin würde die Mordgruppe 2 bereits wissen,

was sich in dem kleineren Zimmer abgespielt hatte. Bestimmt war auch dort jemand ermordet worden.

Berger IV. nahm stark an, daß es entweder den jungen Keuschnigg oder dessen Freund erwischt hatte.

Berger schaute auf den Kalender im Vorzimmer, der für Coca-Cola Reklame machte.

Jetzt wäre ein eiskaltes Cola ein Hammer gewesen. Es war ein zu schwüler Tag für das Frühjahr.

Und der Leichengeruch war trotz der offenen Fenster unerträglich.

Wenn Franz Berger IV. gewußt hätte, wie lange es dauern würde, bis die Mordgruppe 2 über die Vorgänge in dem Zimmer ohne Leiche Bescheid wußte, wäre er nicht frohen Mutes aus dem Haus Kegelgasse 14 spaziert.

4

Im relativ großen und eleganten Büro des Hofrates August Tamandl, des Chefs aller Mordgruppen, wogte dichter Rauch. Die Männer der Mordgruppe 2 pafften wie die Schlote. Und das, obwohl im Chefbüro eigentlich Rauchverbot herrschte. Wegen der zahlreichen Grünpflanzen, die Tamandl liebevoll pflegte.

Tamandl erinnerte sich, daß der alte und fette Gruppeninspektor Hotwagner einmal im Weggehen seine Lieblinge sogar als Krauthappeln oder Erdäpfelstauden abqualifiziert hatte. Aber er nahm heute das rücksichtslose Rauchen seiner Leute in Kauf, weil es schließlich um eine Mordsache ging, die keine alltägliche war.

Er ließ auch sonst oft Toleranz walten, weil er wußte, daß die Männer der Mordgruppe 2 außer für ihre Arbeit, das Jagen von Menschen, für nichts ein empfindsames Organ hatten. Auf ihre Art waren sie gute Polizisten, wahrscheinlich schon als Menschenjäger geboren. Dachten aber in primitiven Kategorien. Hatten keinen Sinn für höhere Lebensart oder sowas wie Kultur. In ihren Wohnungen fanden sich keine Bildbände über die englische Landschaftsgärtnerei. Sie fühlten angesichts des Ursprungs allen Lebens, nämlich von Pflanzen, nichts. Absolut nichts. Waren Jagdhunde, die auf der Suche nach Tätern durch das schönste Biotop hechelten, ohne etwas vom Wunder des Lebens zu sehen. Weil sie nur Tote vor Augen hatten.

Tamandl schaute auf die überlange Asche an Hotwagners Zigarette und sagte gequält: „Es gibt im Raum einen Aschenbecher, lieber Gruppeninspektor. Benützen Sie ihn wenigstens sporadisch, bitte sehr."

Und dann zu seinem Gruppenführer, Oberstleutnant Ewald Stern: „Alles, was wir bisher wissen, ist also, daß zwei Frauen aus nächster Nähe mit einer Faustfeuerwaffe erschossen wurden. Vor etwa vierzehn Tagen."

„Richtig", sagte Stern. „Ursula Keuschnigg, die Mutter. Und Marion Keuschnigg, die Tochter. Und wahrscheinlich noch eine dritte Person."

„Kann sein, der Sohn Dieter", warf Wasenegger ein. „Kann sein, auch wer anderer. Jedenfalls fehlt bis jetzt die dritte Leiche."

Hotwagners überlange Asche fiel nun doch auf den blanken Parkettboden. Er bemerkte es nicht, auch nicht das Zusammenzucken seines Hofrates. Und auch nicht das leichte Grinsen von Berger IV., sondern er brummte nur: „Logisch, daß in dem kleineren Zimmer auch ein Mord passiert ist. Sonst täten ja nicht überall Hirnmasse und Knochensplitter picken. Und für mich ist auch logisch", setzte er hinzu, „daß das Ganze nach einer Nazigeschichte ausschaut. Weil . . ."

„Ich weiß, ich weiß", unterbrach ihn Tamandl. „Steht ja alles in Ihrem Rohbericht drinnen."

Er schaute mißmutig auf die vier DIN-A4-Seiten.

„Ich bin informiert, Herr Hotwagner. Trotz der Tippfehler."

Tamandl blätterte und las: „Mit größter Wahrscheinlichkeit wurde die dritte Leiche in einen Teppich gewickelt und so vom Tatort entfernt. Darauf weist hin . . . Na, und so weiter. Wir werden vom EKD sicher exaktere Angaben erhalten. Dort arbeitet man ja recht genau."

„Bei uns ebenfalls", nahm Stern seine Männer in Schutz.

„Ich weiß, ich weiß!" sagte Tamandl unwillig. „Ist mir bewußt, Herr Oberstleutnant. Ja, ja. Durchaus."

Er blätterte wieder.

„Und Sie halten fest, daß unter Umständen der bisher nicht aufgetauchte Sohn Dieter das dritte Opfer sein könnte. Steht ja alles da."

Tamandl schaute auf: „Verwirrend das alles. Sehr. Aber ich hoffe, meine Herren, daß diese Angelegenheit nicht in den privaten Ordnern des Herrn Hotwagner endet." Er lächelte schwach. „Es soll ja bereits, wie ich höre, einen zweiten Aktenordner mit der Aufschrift ‚Ungel. F.' geben."

„Es sind drei", sagte Konwalina ein bißchen zu laut. „Es gibt eben keine Aufklärungsquote von hundert Prozent."

„Ja, ja . . . Ich weiß, weil . . .", säuselte der Hofrat. „Leider Gottes. Es fehlt an Beamten und Hinweisen aus der Bevölkerung. Und wir verwalten die Kriminalität im Grunde mehr, als daß wir sie wirksam bekämpfen. Jedoch . . ."

Oberstleutnant Stern verlor langsam die Geduld. „Wir tun, was wir können, Herr Hofrat. Nicht nur die

Gruppe 2. Die ganze Polizei. Und wir sind nicht froh darüber, daß es ungeklärte Fälle gibt."

Hotwagner zündete sich an der noch rauchenden Zigarette die nächste an und drückte die Kippe in den Aschenbecher. Er war bereits kribbelig und haßte nichts mehr als das Theoretisieren des Hofrats.

„Wir sind eh voll drauf", brummte er. „Die Ermittlungen laufen ja!"

„Aha", sagte der Hofrat. „Und um welche Ermittlungen handelt es sich, konkret gefragt?"

„Um die üblichen. Wir durchleuchten das Umfeld der Familie Keuschnigg", sagte Stern. „Die Leute haben ja nicht in einem Vakuum gelebt. Es muß Kontaktpersonen geben. Freunde und all das. Der bisher nicht aufgetauchte Sohn wird ausgeschrieben. Die Wohnung wird durchsucht. Genauer als bisher. Es wird Fotos und Hinweise geben. Ein möglicher Verdächtiger ist uns bereits genannt worden. Wenn auch nicht namentlich. Aber wir werden bald seinen Namen kennen . . . Auch . . ."

„Ich weiß, ich weiß", sagte der Hofrat. „Sie tun, was möglich ist, lieber Oberstleutnant." Er ging zu seinen Pflanzen, fächelte mit beiden Händen den Rauch von ihnen weg. „Nur . . . Es wäre mir . . ."

Er kam zurück und fixierte seine Mordgruppe 2. „Ja, meine Herren. Ich möchte den Gang Ihrer Ermittlungen nicht beeinflussen, aber . . . Ich meine: Muß das sein, daß es in Ihrem Bericht so massive Andeutungen darüber gibt, es könnte ein politisches Motiv unter Umständen nicht ganz auszuschließen sein? Woher kommt diese Annahme?"

„Wir glauben", sagte Berger IV., „daß . . ."

„Halt die Pappen, Burli", brummte Hotwagner. „Hör nur zu, wenn erwachsene Leut' reden." Dann wandte er sich zu Tamandl. „Wir glauben nicht, sondern wissen das." Und betont: „Ich weiß es."

„Das kleinere Zimmer schaut wie eine Sektion einer NS-Organisation aus“, unterstützte ihn Wasenegger. „Nichts wie Nazibücheln und Poster und Zeitschriften auf dem Schreibtisch. Wie es im Fernsehen war, als im Jänner diese Nazigruppen aufgeflogen sind. Und wer weiß, was alles im Computer drin ist. Vielleicht auch solche Listen, wie sie beim Küssel und der Wehrsportgruppe Trenck gefunden worden sind, heuer im Jänner.“

„Es ist eine Nazigeschichte“, sagte Hotwagner. „Darüber gibt's nichts zu reden. Besonders das Plakat EIN JUNGES VOLK kenn' ich. Das hängt sich nur ein Nazi auf. Der weiß, daß die drei Worte aus einem der ärgsten Nazilieder stammen! Ich hab' den Dreck schon gesehen – seinerzeit, wie wir diesen Grandits oder so im Verdacht gehabt und geglaubt haben, er könnte . . . Na, ist wurscht. Gehört nicht daher.“

Hotwagner wälzte seine Masse näher zum Hofrat. „Ich bin ein zu alter Hund, als daß ich nicht wüßt', was die Nazis alles machen. Die machen nicht nur Plakate. Und die gehen nicht nur auf Ausländer und Zeitungskolporteure los. Und die sind auch nicht alle nur so Typen wie der Küssel und seine Kameraden, die bloß herumrandalieren. Bei denen gibt's auch ganz Harte, die sogar die eigenen Leut' umschießen, wenn sie glauben, es muß sein!“

Und verbohrt: „Der Fall ist eine Nazig'schicht', Herr Hofrat. Das spür' ich im Urin. Alles in mir sagt mir das. Wurscht, wer der dritte Tote ist.“

August Tamandl wünschte seinen Gruppeninspektor in Pension. Oder in einem anderen Referat, jedenfalls nicht beim Mord. Denn seine Sturheit, die sich scheinbar auf die ganze Mordgruppe 2 übertragen hatte, bedeutete, daß er als Chef der Mordgruppen jetzt mit der Stapo ins Einvernehmen treten mußte. Sofort. Obgleich ihm niemand so zuwider war wie die Leute von der Staatspolizei.

Die Stapo war total ungut, bestand aus Querulanten und obsessiven Charakteren, die das klassische Bild tiefenpsychologischer Fehlprojektion verkörperten. Es waren Aktensammler und Maniker, die hinter jedem Phantom staatsfeindliche Umtriebe sahen. Durch die Bank Leute, die für den eigentlichen Kriminaldienst nicht geeignet waren. Außerdem nahmen sie in Sachen Neonazismus eine durchaus zwiespältige Haltung ein. Hatten jahrelang auf der rechten Seite die Augen voll zugedrückt und nichts gesehn. Heuer, im Jänner, aber auf einmal zugeschlagen und sogar einige Gruppen auffliegen lassen. Die aber bereits jedem kleinen Uniformierten, der Tageszeitungen las, bekannt waren.

Leute, die oft genug keine Spuren suchten, sondern vernichteten.

Und einen von ihnen, den Oberst Hans Kickinger, mußte er jetzt anrufen. Damit vielleicht eine Spurenvernichtungslawine ins Rollen kam, die jede sinnvolle Ermittlungsarbeit zum Scheitern bringen konnte.

Er schaute, von Rauch umflort, auf seine Mordgruppe 2 und sagte: „Ich danke für Ihren Bericht, meine Herren. Gehen Sie an Ihre Arbeit."

August Tamandl wartete, bis die Gruppe abgetreten war. Dann griff er zum Telefon und begann zu wählen.

5

Beim Telefonat zwischen Hofrat August Tamandl und Oberst Hans Kickinger zeigte sich, daß die tiefenpsychologisch projizierten Störungen des Stapo-Offiziers ausschließlich linkslastig waren.

Denn als Tamandl darüber sprach, daß seine besten

Leute hinter dem Doppel- oder eigentlich Tripelmord neonazistische Aktivitäten vermuteten, schmetterte Kickinger sofort ab.

„Ich denke nicht, lieber Kollege“, sagte er ein bißchen zu belehrend, „daß die Vermutungen Ihrer Männer einen vertretbaren Sinn machen. Denn wir haben alles, was von rechts kommt oder auch nur vermutet wird, selbst wenn es nur ein Hauch ist, zu jeder Zeit und vollkommen unter Kontrolle. Und wir wissen, daß gewisse Kollegen von der Idee geleitet werden, daß hinter jedem zweiten Kriminalfall ultra-rechte Leute vermutet werden. Das stimmt aber nicht. Denn wir haben zu jeder Gruppe ausgezeichnete V-Leute und wissen alles. Siehe unsere Aktionen zu Jahresbeginn. Küssel, Schimanek jun., Ussner, Gruppe Trenck. Und deren ausländische Verbindungen. Na, bitte. Alles aufgerollt. Voll.“

Tamandl sagte nichts drauf. Er wußte ja, daß die Stapo in Wahrheit sehr wenig aufrollte. Die legte bloß Tausende von Akten an, die nichts brachten, aber alle paar Jahre zu einer dringlichen Anfrage im Nationalrat und zu sprachlichen Verrenkungen des jeweiligen Innenministers führten.

Außer der Stapo hatte jedes Kind gewußt, daß die Rechten sehr aktiv waren. Und über das NS-Verbots- und andere Gesetze bloß lachten. Der immer stärker grassierende Ausländerhaß und die sich häufenden Körperverletzungsdelikte gegen Ausländer gingen auf ihr Konto. Es war in Österreich zwar noch nicht so schlimm wie in Deutschland, aber das würde noch kommen. Denn die Stapo nahm weder die Novellierung des NS-Verbotsgesetzes ernst noch jene Personen, die gegen die alten und neu hinzugekommenen Tatbestände handelten. Und nicht wenige Stapo-Leute standen mehr oder weniger offen rechts. Es war ja auch dieser

Oberst, der ihn Kollege nannte, kein unbeschriebenes Blatt.

Als sich Kickinger über die Aktivitäten von links zu verbreiten begann, ließ ihn Tamandl erst reden, unterbrach dann aber doch mit dem Hinweis, daß seine Mordgruppe 2 im allgemeinen keine Irrtümer zu begehen pflegte und sicher recht hatte, wenn sie hinter den Morden in der Kegelgasse kein Links-, sondern ein Rechtsmotiv zu erkennen glaubte.

„Wollen wir doch das Theoretisieren lassen“, sagte er ungewohnt energisch, „und über das Anstehende reden. Unser beider Instruktionen sind, denke ich, eindeutig. Wir haben miteinander zu kommunizieren, ob uns das paßt oder nicht.“

Kickinger sagte, er wäre von sich aus durchaus kommunikationsbereit, schwenkte dann ab und berichtete von einem strengst observierten Lokal in der Margaretenstraße, das bezeichnenderweise *Rotstilzchen* hieß und aufgrund der Stapoarbeit enttarnt und geschlossen werden konnte.

Tamandl kannte dieses Lokal. Es war der Treffpunkt von sehr jugendlichen Punks, Sozialfällen und Spinnern gewesen, die völlig harmlose Handlungen setzten. Trotzdem hatte sich die Stapo eine gegenüberliegende Wohnung gemietet und Tag und Nacht alles fotografiert, was sich in oder um dieses *Rotstilzchen* bewegte. Es gab Hunderte archivierte Fotos und Tausende festgehaltene Autonummern von Leuten, die zufällig in der Nähe geparkt hatten, ohne zu wissen, daß es dieses Lokal überhaupt gab.

Er unterbrach den Oberst wieder und fragte, ob ihm etwas über Rechtsgruppen mit Namen *Theoderich* oder *Odoaker* bekannt sei, deren Namen er von einem Beamten gehört habe.

„Sicher kenne ich sie“, sagte Kickinger unwillig.

„Aber die sind weitgehend neutralisiert. Die Gruppe *Odoaker* existiert seit langem nicht mehr. Sie war eine Absplitterung der Kulturvereinigung *Theoderich*. *Theoderich* befaßt sich mit geistiger Schulung und Pflege alter deutscher Leistungen auf kulturellem Gebiet, ist an sich rein historisch und völlig harmlos. Wir haben zwei V-Männer dort, das nebenbei.

„Aha. Fein. Aber – was ist mit den *Odoakern*?"

„Die gibt es nicht mehr. Hab' ich bereits gesagt, Kollege. Diese Formation bestand aus etwa hundert Mann. Meist Studenten. Keine Frauen zugelassen. Bei den *Odoakern* stand körperliche Schulung, wenn Sie so wollen, im Vordergrund. Übungen und Sport im Gelände, meist im Raum Wienerwald, Innermanzing, Wildegg, selten auch Sittendorf und Preßbaum. Möglicherweise kam es infolge Überalterung der Mitglieder oder deren Aufgehen im Establishment zur Auflösung. Wir kennen das ja auch von den sogenannten Achtundsechzigern, wenn Sie wissen, was ich meine."

Tamandl wollte aber nicht über die seinerzeitige Studentenbewegung, sondern über die *Odoaker* reden. Und er kam immer wieder auf diese Gruppe zurück, bis Kickinger widerwillig sagte, er werde seinen Abteilungsinspektor Stummberger detachieren, der alles über die, wie schon mehrfach erwähnt, nicht mehr existierenden *Odoaker* wisse.

„Stummberger steht zwar kurz vor der Pension", meinte Kickinger. „Ich habe vor zwei Wochen oder so seinen diesbezüglichen Antrag befürwortet. Er ist ein alter verbrauchter Mann. Auch nicht mehr gesund. Hat aber seine Verdienste, wenn die auch etwas zurückliegen."

Hofrat Tamandl dankte und verabschiedete den Kollegen.

Dieser Stummberger würde das sein, was man eine Krücke nannte.

Senil und geschwätzig. Ein Flop. Alt eben.

Zwei Stunden später wußte Tamandl, daß dieser Stummberger weder eine Krücke noch verbraucht, sondern bloß neunundfünfzig war. Aber genauso voll da wie der alte Hotwagner von der Mordgruppe 2.

Karl Stummberger machte einen guten Eindruck und wußte ungleich mehr über die Gruppe *Odoaker* als sein Oberst.

So zum Beispiel, daß die sich keineswegs aufgelöst hatte, sondern nach wie vor aktiv war. Allerdings nicht in dem von Kickinger angesprochenen Gebiet, sondern im Raum Dornbach – Neuwaldegg. Und auch, daß ihre derzeitige Anlaufstelle ein Waldgasthaus war, das sich aus irgendwelchen Gründen *Endstation* nannte, obgleich sich die nächstliegende Endstation der Straßenbahnlinie 43 gut drei Kilometer entfernt und noch auf Wiener Stadtgebiet befand. Die *Endstation* lag bereits im Rayon der niederösterreichischen Gendarmerie. Sie wurde seit einigen Jahren vom ehemaligen Catcher Johann Kraus geführt, der seinerzeit als *Gorilla-Mann* in zweit- und drittklassigen Ringen berühmt gewesen war.

Stummberger wußte auch über Kraus einiges. So, daß der mehrmals vorbestraft war, aber trotzdem die Bewilligung zum Führen der Gaststätte erhalten hatte. Und auch, daß er als österreichischer Verbindungsmann zu deutschen Neonazis galt, was aber, wie sich Stummberger ausdrückte, „höheren Orts“ ignoriert wurde.

Als sich wenig später herausstellte, daß sich Stummberger und Hotwagner von der Polizeischule her kannten, ordnete Hofrat Tamandl an, daß die beiden wegen möglicher Involvierung neonazistischer Kreise in den

Kegelgassenmord zusammenarbeiten sollten. Allerdings ausnahmsweise mit einem gewissen Fingerspitzengefühl. Tamandl ermahnte Hotwagner und Stummberger ausdrücklich, nicht wie tollwütige Elefanten durch das Dickicht zu brechen.

Außerdem sollten alle Informationen möglichst im Rahmen des Sicherheitsbüros und innerhalb der Mordgruppe 2 bleiben. Denn für die Staatspolizei existierten die *Odoaker* ja nicht mehr. Dabei sollte es bleiben.

6

Vorläufig blieb die innige Zusammenarbeit zwischen Hotwagner und Stummberger eine theoretische.

Denn Hotwagner und Gruppenführer Stern nahmen sich am nächsten Tag die Wohnung der Keuschniggs genau vor. Und die anderen der Gruppe befragten nochmals die Anrainer des Hauses in der Kegelgasse.

Stummberger saß mehr oder weniger tatenlos im Sicherheitsbüro, schaute seine Notizen über *Theoderich* und *Odoaker* durch, kochte sich jede halbe Stunde Kaffee und rauchte eine nach der anderen. Er fühlte sich rundum zufrieden. Denn seine Stapo-Dienststelle brauchte ihn sowieso nicht. Und die anderen würden schon irgendwann für ihn Zeit haben.

Wasenegger, Konwalina und Berger IV. befragten zwar an die hundert Leute, hatten aber wenig Erfolg. Denn die meisten waren weniger an den Morden als daran interessiert, der Polizei, wenn sie einmal in Erscheinung trat, wegen der unguten Zustände im Viertel etwas vorzujammern.

Fast alle sagten, daß es früher in dieser Gegend beim Donaukanal ruhig und angenehm gewesen war. Es hatten nette, meist ruhige Leute hier gewohnt. Jeder hatte den anderen freundlich gegrüßt, man hatte ein paar Worte miteinander geredet und sich wieder getrennt. Aber seit den blödsinnigen Häusern des Malers Hundertwasser, die sich der Bürgermeister hatte einreden lassen, war alles anders. Und auch, seit es immer mehr Ausländer im Viertel gab. Bei Tag und Nacht war keine Ruhe mehr. Bei Tag verstopften Touristenbusse und andere Autos die Gassen, die meist Einbahnen waren und alle Augenblicke umgedreht wurden. Keiner kannte sich mehr aus. Jeder fuhr halt irgendwie drauflos und hupte trotz Hupverbot. Und keine Polizei schritt ein. Keine. Und die Touristen fraßen aus dem Papier, schmissen es dann achtlos weg und übersäten alle Gassen mit ihren Filterkippen, die Jahre brauchten, um zu verrotten. Und die Behörden ließen die eigentlichen Bewohner des Viertels im Dreck und Lärm und in Abgasen verkommen. Und der Bürgermeister saß in seinem reinen Rathaus, und der Hundertwasser, dessen windschiefe, bemalte und bucklige Häuser eine Schande waren, saß irgendwo auf Neuseeland oder in Venedig und dachte darüber nach, wie er es anstellen könnte, noch ein weiteres Heizwerk oder eine weitere Autobahnraststätte in Österreich zu bemalen. Und in der Nacht machten die Gastarbeiter und anderes Gesindel die Gegend unsicher. Es kam immer wieder zu Überfällen. Viele Einwohner hatten sich schon Gaspistolen oder Sprühdosen gekauft, um sich wenigstens ein bißchen gegen das Gesindel wehren zu können. So schaute es aus, und das wollte man endlich einmal einem Polizisten, der Zeit hatte, gesagt haben.

In dieser hektischen Atmosphäre waren Ermittlungen nicht leicht. Kein Mensch hatte vor vierzehn Tagen oder drei Wochen etwas Auffälliges bemerkt. Und kaum wer hatte die Keuschniggs wirklich gekannt.

Wasenegger stieß auf eine alte Frau, die behauptete,

die Mutter, also Ursula Keuschnigg, schon von Kind an zu kennen. Aber auch sie wußte nur, daß sie und die Kinder schon vor Jahren vom Mann verlassen worden waren.

„Aber das ist ein Glück für die arme Frau gewesen, Herr Inspektor", sagte die Alte. „Weil die hat ja erst wieder in Ruhe leben können, und die Kinder auch, seit der Schuft weg war. Rechtsanwalt? Das Gegenteil ist der doch! Er kümmert sich ja nicht um ein Recht. Um keines! Der schaut ja doch nur drauf, daß seine Verbrecher möglichst wenig Strafe kriegen, und kassiert einen Haufen Geld dafür!"

Die Frau war nicht zu bremsen und wetterte weiter.

Mit einem Hemd und zwei Paar Socken wäre der Keuschnigg aus Kärnten gekommen. Studieren hatte er wollen. Und die Ursula hätte ihn mit Geld versorgt, studieren lassen, ihn geheiratet und sich zwei Kinder anbumsen lassen. Aber wie er dann berühmt geworden und alle Augenblicke im Fernsehen aufgetreten sei, habe er die Ursula sitzen lassen. Ein Mensch wie der gehöre nicht auf die Welt, sondern weg. Aber für ihn habe sich kein Mörder gefunden. Für ihn nicht. Es wurden ja immer die falschen Leute umgebracht.

„Ich will ja nichts sagen", sagte die Alte trotzdem. „Aber – weiß denn wer, ob nicht er, der saubere Herr Doktor, dahintersteckt? Der ist doch gut mit allen Verbrechern von Wien! Der hat vielleicht einem ein paar Tausender gegeben, damit der die Frau und die Kinder umbringt und der Herr Fernsehrechtsanwalt keine Alimente mehr zahlen muß."

Und frontal zu Wasenegger: „Wissen denn Sie, ob der nicht dahintersteckt? Was?"

Wasenegger gab zu, das nicht zu wissen. Er bedankte sich für die Auskunft und ging weiter, um sich in etwa das gleiche woanders anzuhören. Denn die Leute mochten den Rechtsanwalt Keuschnigg nicht und trauten ihm alles zu. Er hörte nur Gehässiges, nichts Zielführendes über Keuschnigg. Alle waren für die Frau und die Kinder. Aber einige merkten an, daß sich Dieter, der Sohn, nicht in bester Gesellschaft befunden habe. Es habe da einen Freund gegeben, der nicht koscher gewesen sei. Nicht zu den braven Burschen paßte. Wie ein Fremdenlegionär herumlief. Und einen stinkenden Kleinbus fuhr.

Als Karl Wasenegger gegen Mittag zu Stern und Hotwagner in die Mordwohnung kam, tat er das im Grunde mit leeren Händen.

Wenig später kamen Konwalina und Berger IV. Auch sie hatten nichts Wichtiges.

Konwalina hatte erfahren, daß Marion Keuschnigg an der Hochschule für Musik und darstellende Kunst Kulturelles Management studiert hatte. Das wußte er von drei Studienkolleginnen Marions, die eine Zimmer-Küche-Wohnung auf der Weißgerber Lände miteinander teilten.

Was Kulturelles Management war, wußte er nicht. Aber er hatte die Namen der zuständigen Professoren.

Auch die anderen konnten sich unter dieser Studienrichtung nichts vorstellen. Sie würden aber bald genug dahinterkommen.

Berger IV. hatte Pech gehabt und überhaupt nichts über die Keuschniggs erfahren, was Hotwagner nach einem Blick auf seine Uhr veranlaßte, zu sagen: „Wer null Erfolg hat, wird automatisch zum Essenholer. Darum holst du uns jetzt Wurstsemmeln von drunten. Und einige Dosen Bier oder was. Gemma! Vielleicht bringst wenigstens das halbwegs zusammen."

Berger IV. ging ohne Begeisterung, aber ohne zu widersprechen.

Während er weg war, berichtete Stern den anderen,

was er und Hotwagner in der Wohnung gefunden hatten.

„Bis jetzt nicht viel", sagte er. „Zumindest nichts, was uns für den Augenblick weiterhelfen könnte. Im Schlafzimmer gibt es jede Menge Perlen und Perlenketten – das war ja angeblich die Arbeit der Mutter. Ob es stimmt, werd' ich später verifizieren. Ich hab' ja von der Nachbarin die Adressen von ein paar Juwelieren."

Dann schlug er vor: „Wir könnten uns, bis der Burli mit dem Essen kommt, den Schreibtisch vom Sohn durchschauen. Vielleicht gibt es dort was."

Es gab aber auch dort nichts. Nur einen Blutspenderausweis von Keuschnigg und haufenweise Notizen von Vorlesungen und zwei maschingeschriebene Texte, jeweils ein paar DIN-A4-Seiten lang. Der eine handelte über die zwölf Arten des bösen Vorsatzes. Der andere trug die Überschrift *Gedanken über einen Konsequenten*.

Hotwagner überflog die Seiten und gab sie an Stern weiter. „Da steht was über einen . . ." Er schaute genauer und brummte: „Andreas Gryphius heißt der. Muß ein Dichter oder was gewesen sein. Kennst du den, Ewald?"

Stern nickte. „Na, sicher. Das war ein Barockdichter und Rechtsgelehrter. Und Stadtsyndikus von Glogau . . ."

Hotwagner legte die Seiten weg. „Aha. Na ja. 's muß Dichter auch geben."

Er schaute noch einmal auf das Manuskript und las die Zeilen: *„Ein unverzagt Gemüt steht, wenn der Himmel fällt. Und steigt im Untergrund und trotzt der ganzen Welt . . ."*

Hotwagner zündete sich eine Zigarette an und schaute die Kollegen an. „Ein unverzagt Gemüt . . .", brummte er. „Geschwollener geht's nimmer."

Stern lächelte. Die gehobene Sprache der Dichtung war nichts für den alten Otto. Der hatte Lebenserfahrung und war ein guter Polizist, aber mit dem Lesen hatte er es nicht. Hotwagner las nur die Tageszeitungen und die Journale *„Öffentliche Sicherheit"* und *„Der Kriminalbeamte"*. Das reichte ihm. Und die Theater kannte er nur von außen.

Stern hatte ihm vor Jahren den Roman John le Carrés *„Der Spion, der aus der Kälte kam"* geliehen und fast ungelesen zurückerhalten. Alles in dem Buch war Blimmel-Blammel, hatte Hotwagner gemeint. Geschichterln und sonst nichts.

Dann kam Berger IV. mit einem Haufen Wurstsemmeln und fünf Dosen Bier zurück, und sie legten eine kurze Mittagspause ein.

Während sie aßen, machte Berger IV. einen Zufallstreffer.

Er blätterte aus Langeweile ein paar von Dieter Keuschniggs Büchern durch – und aus einem fiel ein kleines Gruppenfoto, das junge Männer zeigte, die auf einer Lichtung standen.

„Bevor wir jetzt herumrätseln", brummte Hotwagner, „hol' ich einmal die Nachbarin her. Die wird vielleicht wen auf dem Foto kennen."

Er ging hinaus und kam bald drauf mit der Sefcik zurück.

Die Sefcik schaute auf das Foto und zeigte erst auf einen dann auf einen zweiten der Männer.

„Das da. Der ist der Dieter Keuschnigg. Und der da, das ist der Verbrecher. Der Freund vom jungen Keuschnigg. Der was einen blauen kleinen Bus hat."

Und während sich die Beamten das Foto ansahen: „Die zwei schauen sich beinahe gleich. Wie Brüder. Nur ist der andere älter."

Sie hatte recht. Die beiden sahen tatsächlich wie

Brüder aus. Aber der junge Keuschnigg hatte ein runderes Gesicht, während der andere kantiger war und auch einen härteren Blick hatte, soweit man derlei auf einem 9 x 13 kleinen Foto erkennen konnte. Jedenfalls war das Foto Hochglanz und gestochen scharf. Man konnte sogar den weit im Hintergrund stehenden Kleinbus als einen VW erkennen.

Stern bedankte sich bei der Sefcik. Als sie gegangen war, sagte er zu den anderen: „Na, das ist doch schon was."

Dann teilte er die Gruppe für den Nachmittag ein.

Sie würden die Wohnung wieder versiegeln und gemeinsam ins SB fahren. Dort das Gruppenfoto vergrößern und kopieren lassen. Anschließend sollte Hotwagner zum Rechtsanwalt Keuschnigg fahren, der gestern nicht zu erreichen gewesen war, und ihm den Tod seiner Angehörigen mitteilen.

Stern selbst wollte zur Kunstakademie und mit den Professoren Ursula Keuschniggs reden. Wenn es ging, auch mit Studienkollegen.

Wasenegger und Berger IV. sollten versuchen, in der Juridischen Fakultät der Uni etwas über Dieter Keuschnigg und dessen Freund zu erfahren.

Und Konwalina sollte sich mit den EKD-Leuten zusammensetzen. Die mußten ja schon etwas halbwegs Brauchbares haben. Dann würden sie einander im Sicherheitsbüro treffen, Ergebnisse austauschen und sich die nächsten Schritte überlegen.

Während Oberstleutnant Stern das Manuskript über Gryphius in die Tasche steckte, fragte Hotwagner: „Für was nimmst denn das mit? Willst vielleicht auch ein *unverzagt Gemüt* oder sowas werden?"

„Nein", sagte Stern. „Aber ich möcht's mir zu Haus' durchlesen. Könnt' ja sein, daß . . . Ich weiß nicht. Jedenfalls möcht' ich reinschauen."

Er lächelte leicht. „Ich hab', bevor ich zur Polizei bin, Literaturgeschichte studieren wollen. Und weiß ein bisserl was drüber. Auch über die Barockliteratur. Mich interessiert's eben, was der junge Keuschnigg darüber schreibt."

Otto Hotwagner interessierte das überhaupt nicht. „Na, dann lies nur brav", brummte er vor sich hin. Und dann lauter: „Da fällt mir ein, Burschen: Wir brauchen nicht nur das Gruppenfoto. 's wär zumindest genauso wichtig, daß wir uns den jungen Keuschnigg und seinen Freund, den „Verbrecher", extra herauskopieren lassen. Besonders den Freund. Von dem werden wir vielleicht einen Haufen Fotos brauchen. Und noch was: Der Stummberger von der Stapo sitzt noch immer bei uns und wartet. Mit dem könnt' ja ich reden, wenn ich vom Keuschnigg seinem Vater zurück bin. Das wird ja nicht gar so lang dauern."

Bald darauf verließen die Männer der MG 2 die Wohnung. Sie waren wegen des Gruppenfotos von Jagdfieber erfaßt. Stern brachte die Amtssiegel an der Wohnungstür an. Weder er noch die anderen dachten an den noch nicht überprüften PC Keuschniggs.

7

Im Sicherheitsbüro ging der Oberstleutnant Stern selbst ins Fotolabor – und den dortigen Kollegen arg auf den Hammer. Denn er gab nicht eher Ruhe, bis er je ein Dutzend Gruppen- und zwei Dutzend Einzelfotos von Keuschnigg und dessen Freund hatte, der von der Nachbarin Sefcik als Verbrecher und von einigen anderen Leuten als zumindest unguter Mensch abqualifiziert worden war.

Er verteilte die Fotos an die Männer der Mordgruppe 2 und war sicher, daß sie noch heute Abend wissen würden, wie der Mann hieß. Irgendwer mußte ihn kennen und seinen Namen wissen. Vielleicht auch, wo er wohnte.

Es konnte auch sein, daß das Paßamt sein Foto aufliegen hatte. Jedenfalls aber mußte im Verkehrsamt eines sein. Der Mann fuhr ja einen Wagen. Auch dort mußte was herauszukriegen sein. Wofür gab es Computer, die viele Tausende von Daten gespeichert hatten.

Dabei fiel Stern auch ein, daß sie am Vormittag bei der Durchsuchung der Wohnung auf den kleinen PC vergessen hatten. Sie hatten weder die Festplatte noch die Disketten überprüft. Auf denen konnten aber auch Hinweise enthalten sein. Er würde sich das anschauen. Noch heute.

Als Stern zu seinen Leuten zurückkam und die Fotos verteilte, sagte er aber nichts davon, daß er nach den Ermittlungen an der Kunstakademie, wegen des Computers, noch einmal in die Wohnung der Keuschniggs gehen würde. Das konnte er immer noch tun, falls er dort etwas fand, was wichtig war.

„Ihr könnt euch auf die Socken machen, meine Herren", ordnete er bloß an. „Und wir sehen uns dann später."

Dann schaute er noch zum wartenden Stapomann hinein und sagte, daß Kollege Hotwagner noch heute den Kontakt mit ihm aufnehmen würde, informierte seinen Hofrat, daß jetzt zumindest das Gesicht des Keuschnigg-Freundes bekannt war und bis zum Abend auch dessen Identität festgestellt sein würde.

Hofrat August Tamandl besprühte gerade seine Grünpflanzen, sagte auf alles ja und Amen und machte auf Stern den Eindruck, daß ihn sein Beserlpark mehr interessierte als die Morde in der Kegelgasse .

Gruppeninspektor Otto Hotwagner brauchte für die

Fahrt vom Sicherheitsbüro in die Reisnerstraße, wo Vater Keuschnigg seine Kanzlei hatte, zehn Minuten. Aber dann fuhr er zwanzig Minuten im Kreis, ohne einen Parkplatz zu finden.

In der schmalen Reisnerstraße war nicht in zweiter Spur zu parken und anderswo in der Gegend auch nicht. Lastenstraße, Heumarkt, Parkplätze auf den Schienen der ehemaligen Zweier-Straßenbahnlinie und alle Gassen und Gäßchen waren besetzt. Und in der einzigen Ausweichmöglichkeit, der Marokkanergasse, in der es die Polizeischule gab, parkten hintereinander drei Mannschaftsbusse und verstellten jeden Zentimeter. Schließlich fuhr Hotwagner in die winzige Tankstelle an der Gabelung Hilton-Hotel und Ungargasse, stellte dort seinen Wagen ab und wälzte sich ins Freie.

Er zeigte dem herbeikommenden und abwinkenden Tankwart seine Dienstkokarde und sagte: „Polizei. Ich muß da stehenbleiben, Haberer. Eh nur auf einen Augenblick, allerhöchstens eine Stunde."

Er hörte nicht auf die Keppelei des Tankwarts, der sich über die Eigenmächtigkeit der Polizei aufregte, und ging in Richtung Reisnerstraße.

Als Hotwagner dem Rechtsanwalt Dr. Rudolf Keuschnigg gegenübersaß, sagte ihm der ruhig: „Ich weiß, warum Sie kommen, Inspektor. Sie brauchen nicht mit der mitfühlenden Tour zu arbeiten. Ich hab's schon aus der Zeitung, daß Ursula und Marion ermordet wurden. Die Presse arbeitet ja effektiver als die Polizei."

Hotwagner empfand gegenüber Keuschnigg eine heftige Antipathie. Der Kerl war sicher fünfzig, aber auf jugendlich getrimmt. Hatte eine Solariumbräune im Gesicht, gefärbtes blondes Haar und wirkte überhaupt ungut. Genauso ungut wie sein Vorzimmermädchen, das zwar recht nett aussah, aber ein Trampel war, der glaubte, ein Alter wie Hotwagner würde sich für ihre Beine interessieren.

Außerdem zeigte Keuschnigg nicht die geringste Bewegung. Für einen Mann, dem man Frau, Tochter und vielleicht auch den Sohn umgeschossen hatte, wirkte er geradezu unbeteiligt. Und er wollte oder konnte überhaupt nichts über Lebensverhältnisse, Bekanntenkreis und Eigenheiten der Toten sagen.

Dr. Rudolf Keuschnigg, der während seiner Teilnahme an Fernsehsendungen immer den Eindruck vermittelte, sich mit seinen Mandanten zu härmen und deren Schicksal doppelt so hart wie diese selbst mitzuerleben, war kalt wie eine Hundeschnauze.

„Ich lebe seit Jahren von meiner Familie getrennt und habe auch keine Kontakte zu ihr, lieber Herr Inspektor. Meine einzige Verbindung zu diesen Leuten" – er sagte wirklich ganz cool: zu diesen Leuten! dachte Hotwagner – „besteht nur darin, daß ich ihnen regelmäßig den gesetzlich vorgeschriebenen Unterhaltsbeitrag überweisen habe lassen. Sonst war da nichts mehr. Die Kinder mochten mich ja schon nicht, als sie noch klein waren. Und die Frau, Ursel . . . Na ja. Das gehört wohl kaum hierher." Und trocken: „Ich weiß längst nicht mehr, mit wem sie verkehrten. Das hat mich nicht interessiert."

Hotwagner zeigte ihm trotzdem das Gruppenfoto und das einzelne des „Verbrechers". Aber Keuschnigg warf nur einen flüchtigen Blick drauf und fragte mehr höflichkeitshalber: „Wer soll der Mann sein? Der Mörder?"

„Kann sein, kann nicht sein", brummte Hotwagner „Wir wissen es noch nicht. Vorläufig wissen wir leider noch nicht einmal, wie der Typ heißt."

Er zündete sich eine Zigarette an, hustete und sagte mürrisch: „Wir sind viel zu spät eingeschaltet worden.

Wie wir gekommen sind, waren Ihre Angehörigen ja schon drei Wochen oder vierzehn Tage tot. Ihren verschwundenen Sohn Dieter haben wir zur Fahndung ausgeschrieben. Und jetzt ermitteln wir halt. Mehr können wir vorläufig auch nicht machen. Wir versuchen jetzt ..."

Dann brach er ab, weil er das Gefühl hatte, daß ihm sein Gegenüber nicht zuhörte. Dieser Keuschnigg blätterte in Papieren, machte sich Notizen und schien ihn, Hotwagner, vergessen zu haben.

Dem aufgemascherlten Typ war wurscht, ob seine Frau und die Kinder lebten oder tot waren.

Hotwagner drückte seine erst halb gerauchte Zigarette aus und verabschiedete sich vom Anwalt. Er ging zur Tankstelle zurück und spürte mit einem Mal nagenden Hunger. Schließlich hatte er ja heute fast noch nichts gegessen. Außer drei Wurstsemmeln, die bei einem Mann wie ihm für den hohlen Zahn, aber nicht für den Magen reichten.

Er ging zur Tankstelle, sagte dem Tankwart: „'s wird noch ein Momenterl dauern, alter Freund" und ging ins Einkaufszentrum Landstraße, wo er sich zwei Wiener Schnitzel mit Erdäpfelsalat bestellte und bedächtig aß, während er über den Kegelgassen-Mord sinnierte.

Der mußte einfach eine Nazigeschichte sein.

Ein junges Volk ... Und über uns die Heldenahnen ... Und die Stahlrute, die verrostete 08 und die Zeitschriften waren nicht zu übersehen. Die mußten der Ansatzpunkt für den Fall sein. Ja, nur die – und nicht der Aufsatz über diesen blödsinnigen Barockdichter, den der Oberstleutnant für interessant hielt.

Ein unverzagt Gemüt ...

Schmonzes. Der geschossen hatte, war kein Mensch gewesen, der Gedichte und sowas las. Sondern einer, der eiskalt alles umschoß, was ihm im Weg war. Und einer, den vielleicht der alte Stummberger kannte, der jetzt tatenlos im SB hockte und die Daumen drehte. Drehen mußte, weil keiner von der Mordgruppe 2 auf die Idee gekommen war, ihm Abzüge der Fotos in die Hand zu geben. Auch der Gruppenführer nicht.

Hotwagner schmeckte das zweite knusprige Schnitzel plötzlich nicht mehr. Er ließ es liegen, ging zu seinem Wagen und fuhr ins Sicherheitsbüro.

Oberstleutnant Stern war nach einigen erfolglosen Versuchen bei verschiedenen Professoren der Hochschule für Musik und darstellende Kunst endlich beim richtigen gelandet. Der hieß Friedhelm Kremmer, war noch jung, ziemlich fahrig und nicht imstande, bei einem Thema länger als zwei Minuten zu verweilen.

Professor Kremmer wußte nicht allzuviel über seine Studentin Marion Keuschnigg. Nur, daß sie engagiert gewesen war und, ja, begabt auch. Sie hatte großes Wissen besessen, und ihr wäre sicher nach Abschluß der Studien eine Stelle in einem Bundesmuseum angetragen worden. Es hätte, ja, sogar die Möglichkeit bestanden, sie in Deutschland, Kiel etwa oder Hamburg, ja, unterzubringen.

„Wir alle trauern um sie“, sagte Kremmer. „Als wir in der Zeitung über ihr, ja, tragisches Ende lasen, waren wir alle entsetzt, ja, zutiefst berührt.“

Auf Sterns Frage, ob Marion Keuschnigg vielleicht politische Aktivitäten im Rahmen der Hochschule entfaltet hatte, antwortete Kremmer negativ. Die Keuschnigg hätte sich zwar für die Ziele der Organisationen *Greenpeace* und *World Wildlife Fund* erwärmt, aber nie politische Aspekte eingebracht.

Mit den ihm vorgelegten Fotos wußte Professor Kremmer nichts anzufangen. Auch einige von ihm mobilisierte Studienkolleginnen und -kollegen Marions kannten weder Dieter Keuschnigg noch den anderen Mann, der ihm ähnlich sah. Ein Mädchen wußte, daß Marions Mutter für Juweliere gearbeitet hatte. Das war aber auch schon alles. Marion war zwar allgemein beliebt, aber nicht sehr kontaktfreudig gewesen. Und weil sie Vorlesungen nicht immer regelmäßig besucht hatte, war ihr Fernbleiben auch keinem aufgefallen.

Stern erfuhr außerdem noch, daß es sich beim Lehrgang Kulturelles Management um eine Mischung von Kunst- und Wirtschaftsgeschichte handelte. Man konnte nach vier Semestern abschließen und dann ins Berufsleben eintreten.

Stern schaute noch an der Darstellenden vorbei, erfuhr aber dort noch weniger. Er fuhr weiter in die Kegelgasse, entfernte die Amtssiegel und betrat die Mordwohnung, um sich mit dem PC des jungen Keuschnigg zu befassen.

Er erlebte allerdings eine herbe Enttäuschung. Denn der Computer war leer. Die Festplatte enthielt keinerlei Daten. Nichts. Aber auch die vorhandenen Disketten waren leer, also sicher gelöscht worden. Sie mußten aber, wie die Festplatte, beschrieben gewesen sein. Niemand besaß einen PC, nur um ihn als Dekorationsstück stehenzulassen. Jemand mußte alle Eintragungen entfernt haben. Wer, stand noch dahin.

Der Oberstleutnant verließ die Wohnung und brachte wieder Siegel an. Und er nahm sich vor, seinen Männern nicht zu sagen, daß er in der Wohnung gewesen war. Es war ja nicht von Belang für die Ermittlungen.

Berger IV. war bereits bei zwei Juwelieren gewesen, hatte von ihnen aber nur erfahren, daß Ursula Keuschnigg für sie Heimarbeiten durchgeführt hatte. Sie war branchenbekannt, gewissenhaft und vor allem ehrlich. Persönliches wußten die beiden Juweliere nicht. Sie waren aber sicher, daß der dritte, Ludwig Insam, der sein Geschäft auf dem Neuen Markt hatte, sehr viel über sie wissen würde. Schließlich hatte sie bei ihm gelernt.

Tatsächlich wußte Insam, ein alter Mann, im Grunde alles über Ursula Keuschnigg.

Er berichtete zuerst über ihre persönlichen Verhältnisse, die er gut gekannt hatte. „Die Ursula", sagte er traurig, „hat in mir sowas wie einen Ersatzvater gesehen und mir vieles anvertraut. Wir waren, wenn Sie mich nicht mißverstehen, ausgesprochen intim miteinander. Ich kenne Details aus ihrer Ehe, die sonst keiner kennt. Weiß auch, daß sie sich in letzter Zeit wegen ihres Sohnes oft Sorgen machte. Der junge Mann hatte Umgang mit Kreisen, die er besser hätte meiden sollen. Seine Mutter hat deswegen oft feuchte Augen gehabt. Aber helfen habe ich ihr auch nicht können. Leider Gottes nicht."

Und als Berger IV. fragte, welche Kreise das gewesen wären, sagte Insam: „Radikale. Sehr radikale, um nicht zu sagen, Faschisten. Mediokre Kreise, Sie verstehen."

Berger IV. wußte nicht, was mediokre Kreise waren. Er kannte das altmodische Wort nicht, wollte das aber nicht zugeben und nickte. Zu Haus' hatte er ja einen Fremdwörter-Duden. Da würde er nachschauen, was das war. Bestimmt nichts Gutes, denn Insam hatte das Wort ja abwertend gebraucht.

Unvermittelt ging der alte Juwelier dazu über, sich zu beklagen, daß nicht nur er, sondern auch einige Kollegen jetzt, nach dem Tod Ursula Keuschniggs, nicht wußten, wem sie ihre Perlen zum Knüpfen in Heimarbeit anvertrauen sollten.

Es gab ja keine Damen mehr, die derlei wirklich konnten. In ganz Wien vielleicht noch zwei oder drei. Höchstens. Heut' ging ja alles auf Masse, Talmi und

Ramsch. Es fehlte an Fachkenntnissen und Gediegenheit. Auch an Geschmack. Bald würde man sich seinen Schmuck in Supermärkten kaufen.

Als Berger IV. seine Fotos zeigte, wußte Insam natürlich, daß der eine junge Mann Dieter Keuschnigg war. Er kannte auch den zweiten, aber nur von einmaligem Sehen.

„Dieser Mensch hat Ursula einmal mit einem kleinen Bus gebracht", sagte er. „Sie hatte ja keinen Wagen. Aber wie der Mensch heißt, kann ich nicht sagen. Ich glaube aber, daß Ursula sagte, es sei einer der Freunde von Dieter. Sie hat das auch nur sehr flüchtig erwähnt. Mehr nebenbei."

Daß der Mann Horst Soucek hieß, erfuhr Gruppeninspektor Wasenegger in der Juridischen Fakultät der Uni Wien. Dieser Soucek war, wie Dieter Keuschnigg, inskribiert gewesen, aber wegen seines Betragens relegiert worden. Weil er, wie Professor Pfaffenhauser dezidiert sagte, rüpelhaft, provokant und ein Schandfleck für die Alma mater gewesen war.

Er hatte wiederholt Schlägereien angezettelt, war offen antisemitisch gewesen und untragbar geworden. Seine Relegierung war vor rund fünf Monaten und im Einvernehmen mit dem Kollegium angeordnet worden. Diesem Kollegium hatten, wie Pfaffenhauser hinzufügte, übrigens keine Professoren jüdischen Glaubens oder jüdischer Herkunft angehört. Aber dieser Soucek war eben tatsächlich untragbar gewesen.

In der Kanzlei erfuhr Wasenegger, daß Horst Soucek in der Fügergasse wohnte, zumindest zum Zeitpunkt der Relegierung gewohnt hatte. Mit diesem Wissen fuhr er ins Sicherheitsbüro zurück.

Als er dort eintraf, kam er gerade rechtzeitig, um zu hören, was Robert Konwalina von den Erkennungsdienstleuten und im Labor erfahren hatte.

Bis jetzt stand zweifelsfrei fest, daß die beiden Frauen mit einer alten Wehrmachtspistole vom Typ P 38, Kaliber 9 mm, erschossen worden waren. Alle aufgefundenen Patronenhülsen wiesen auf diese Waffe hin.

Weil diese Pistole im Zweiten Weltkrieg von der Wehrmacht und danach von Polizei und Gendarmerie verwendet worden war, mußte es noch viele P 38 geben. Verbrechen waren mit dieser Waffe allerdings seit Jahren keine mehr begangen worden. Man bediente sich jetzt modernerer Schußwaffen, seit es die viel leichteren, aber trotzdem großkalibrigen Modelle gab.

Außerdem hatten die EKD-Leute entdeckt, daß die fehlende dritte Leiche mit an Sicherheit grenzender Wahrscheinlichkeit in einen rot-blauen, höchstwahrscheinlich selbstgefertigten Wollteppich gewickelt und auf diese Art aus der Wohnung gebracht worden war.

Die Blutgruppe dieses Menschen war 0 positiv gewesen. Daß Dieter Keuschnigg diese Blutgruppe hatte, ging aus dem in seinem Schreibtisch gefundenen Blutspenderausweis hervor.

In der Wohnung hatte es haufenweise Fingerabdrücke gegeben, die, soweit bis jetzt vorlag, von den beiden Frauen und wahrscheinlich dem Sohn stammten.

„Aha", sagte Stern. „Na, jetzt sind auf dem PC und den Disketten vom Keuschnigg auch meine drauf."

Dann berichtete er, daß er heute noch mal in der Kegelgassenwohnung gewesen, PC und Disketten untersucht und keine Daten gefunden hatte. Weil sie vom Täter gelöscht worden waren.

„Das heißt zweierlei. Es waren belastende Daten drauf. Und, der sie gelöscht hat, muß ausreichend Zeit dazu gehabt haben. Aber das sagt jetzt auch nichts."

Stern schaute seine Männer an.

„Ich glaub', wir machen es so. Irgendwer holt den

Stummberger, und wir gehen gemeinsam Nachtmahl essen. Dann fahren Wasenegger und Konwalina zu diesem Soucek. Wenn er noch in der Fügergasse wohnt. Wenn nicht, heben sie die neue Adresse in der Meldekartei aus. Hotwagner und Berger IV. setzen sich endlich mit Stummberger zusammen. Und ich werd' die bisherigen Fakten *kollationieren*. Überstunden für die ganze MG 2. Ohne Limit."

Stern, Konwalina und Wasenegger riefen gleich vom Dienstzimmer der Mordgruppe 2 aus ihre Frauen an, um ihnen zu sagen, daß es vielleicht spät werden würde.

Berger IV. ging zu diesem Zweck ins Nebenzimmer, was zu Neckereien führte, als er zurückkam. Sie wußten ja, daß er eine temperamentvolle Frau hatte, die ins Telefon schrie, wenn sie wütend war. Und Frau Berger war immer wütend, wenn ihr Burli Überstunden machen mußte. Sie hatte sich noch nicht dran gewöhnt, daß Kriminalbeamte nur ein sehr sporadisches Privatleben hatten.

Otto Hotwagner brauchte niemand anzurufen. Er wurde zu Haus' von keinem erwartet. Nach der Trennung von seiner Frau hatte er zwar noch die Katze zurückbehalten. Aber seit er die vor etwa einem Jahr hatte einschläfern lassen müssen, wartete keiner mehr auf ihn.

Er ging Stummberger holen und schleppte ihn mit in die Kantine.

8

In der Kantine trafen die Männer ihren Hofrat Tamandl. Es gab nämlich sehr fetten Schweinsbraten, auf den war Tamandl geil. Zu Hause bekam er wegen seiner grauenhaften Blutwerte fast nie was Fettes, sondern bloß Speisen, die der Arzt empfohlen hatte. Aus dem Grund leistete er sich regelmäßig eine Überstunde, wenn die Kantine Sachen hatte, die so fett waren, daß sie einem das Leben um Jahre verkürzten.

Tamandl lud in einer plötzlichen Aufwallung von Kameradschaftlichkeit die Mordgruppe 2 und Stummberger an seinen Tisch und ließ sich während des Essens berichten.

„Im großen ganzen recht gut", sagte er dann zufrieden. „Der Tag ist noch nicht zu Ende, aber wir wissen doch schon einiges."

Er ließ sich von Berger IV. noch ein Bier holen, trank zügig und brummte zwischendurch: „Wir haben eben was drauf, meine Herren. Halten nicht bloß Reden. Laufen nicht nur die Absätze schief. Wir arbeiten und klären auf. Sollte für alle Kollegen verbindlich sein."

Dann verabschiedete er sich und ließ seine Gruppe arbeiten.

Stummberger, Hotwagner und Berger IV. setzten sich ins Dienstzimmer, um endlich über die Nazigruppen zu reden.

Stummberger breitete seine Notizen aus. Berger IV. kochte eine große Kanne Kaffee.

Und der alte Hotwagner wurde ein bißchen sentimental und begann mit Stummberger über die alte Zeit zu plaudern.

Die beiden waren in benachbarten Kameradschaften gewesen. Hotwagner war in der Zweier, Stummberger in der Dreier gewesen. Das lag lange zurück. Die Vorgesetzten von damals waren längst gestorben, und auch einige der damaligen Kameraden lebten nicht mehr. Und die jungen Buben in der Schule hießen jetzt gleich *Inspektor* und nicht mehr wie damals *Sicherheitswacheanwärter*. Und es gab jetzt auch Mädchen bei der

Polizei. Sogar uniformierte. Alles war mit den Jahrzehnten anders geworden. Ob aber besser, war fraglich. Viele der damaligen Wachzimmer gab es nicht mehr. Und die Abteilung Prater war dem zweiten Bezirk eingegliedert worden. Und das meiste ging per Auto, Funk und Computer. Den Telegraphenapparat, der früher in jeden Wachzimmer Mittelpunkt gewesen war, gab es nur mehr im Polizeimuseum oder im Technischen Museum. Und noch heuer sollten alle Abteilungen statt der mechanischen neue elektronische Bildschirmschreibmaschinen bekommen. Und . . .

An dieser Stelle unterbrach der junge Berger IV. den Dialog.

„Ist ja alles schön und gut, was ihr da sagts, Burschen. Lobenswert. Aber halt vorbei. Die Zeit bleibt nicht stehen. Darum sollten wir jetzt vielleicht langsam über die Nazis zu reden anfangen."

Hotwagner und Stummberger tauchten aus der Vergangenheit auf und gaben dem Burli recht.

„Also", sagte Stummberger, „dann hörts halt zu. Ihr interessierts euch für die *Theoderich* und *Odoaker*. Dabei müßts wissen, daß bei denen schon die Namen eine Bedeutung haben. Der Odoaker war im fünften Jahrhundert ein germanischer Heerführer, ist in Italien eingefallen und hat dort alles verwüstet und niedergemetzelt. Er war arg. Dann ist er von einem anderen Germanen, dem Theoderich, umgebracht worden. Der war nicht so arg und ist römischer Kaiser geworden."

Er schaute die beiden an. „Demgemäß haben sich auch unsere Nazis genannt. Die *Theoderich* sind mehr die, die was mit Kopf zu machen probieren. Und die *Odoaker* mit Gewalt."

Burli Berger grinste. „Aber das wissen wir. Odoaker war im Grunde unbedeutend und stand der Reichsidee indifferent gegenüber. Theoderich nicht. Er beherrschte Sizilien, Dalmatien, das Donaureich der Rugier und natürlich auch Italien. Hat in Ravenna residiert. Und praktisch die ersten Rassengesetze erlassen, indem er . . ."

Hotwagner winkte ab. „Ist ja gut, Burli. Halt keine Vorlesung." Dann fragte er: „Wieso weißt du denn das alles so genau?"

Burli Berger IV. grinste leicht. „Ich hab' ja die Matura, Otto. Darum weiß ich auch, daß Theoderich fünfzehnhundert Jahre vor Hitler die Ehe seiner rassereinen Germanen mit den minderwertigen Italienerinnen verboten hat. Und daß er sein Mausoleum in Ravenna hat, wenn er auch nicht drinnen liegt, weil seine Leiche verschwunden ist. Ich war mit meiner Traudl vor zwei Jahren dort und hab's mir angeschaut. Ein Steinklotz. Germanisch. Ungeheuer. Und . . ."

Wieder unterbrach ihn Hotwagner. „Gut. Ist ja gut, Burli. Tu nur nicht ausrasten." Und brummend: „Du hättest statt Kieberer Professor werden sollen, hörst."

Er zündete sich die achtunddreißigste schwere Zigarette des Tages an und sagte zu Stummberger: „In unserer Gruppe sind außer mir nur Hirnmenschen. Also gut, fangen wir jetzt an, Charly. Ich weiß, daß die Morde mit den *Odoakern* zusammenhängen. Müssen! Weil bei so einem hab' ich schon einmal das Plakat EIN JUNGES VOLK gesehen. Und jetzt wieder in der Keuschnigg-Wohnung. Morgen fahren der Burli und ich zu dem Wirtshaus, draußen im Wienerwald. Zur *Endstation*."

Stummberger nickte. „Ja, machts das. Dort ist ja zumindest sowas wie eine Schaltstelle für alle Gruppen, die von Deutschland aus gesteuert werden. Ich hab' . . ."

Er kramte in seinem Stoß Notizen, Flugschriften und Fotos, legte dann ein zerknittertes Foto auf den Tisch. „Das ist die *Endstation*. Und der da vor dem

Gitter mit den Hunden steht, ist der Wirt, Johann Kraus. Er macht jetzt auch halb oder ganz linke Geschäfte mit Kampfhunden, die er sich aus den seinerzeitigen Oststaaten holt oder bringen läßt. Dann macht er die Hundsviecher scharf und verkauft sie. An Zuhälter, andere Kriminelle und Trotteln, die sich was einbilden, wenn sie einen Mörderhund an der Leine haben, weil sie selber Arschlöcher sind."

Er suchte ein anderes Foto heraus und legte es auf den Tisch. „Das habts ihr eh schon. Wißts auch, daß der Keuschnigg und der Soucek drauf sind."

Stummberger nippte an seinem Kaffee und nahm sich aus Hotwagners Packung eine *Boro*. Dann brummte er: „Wenn mir euer Chef das Foto gleich gezeigt hätte, tätet ihr schon lang mehr wissen. Zum Beispiel auch, daß der Soucek, seit sie ihn aus der Uni geschmissen haben, mit altem Glumpert handelt. Hinterlassenschaften und so."

Hotwagner sagte nichts drauf. Der Charly hatte ja recht. Sie hätten ihm das Foto wirklich gleich zeigen sollen.

Er schaute sich das Gesicht dieses Soucek zum x-ten Mal an. Es sagte eigentlich nichts aus. Oval, helle kalte Augen, helles Haar. Im Grunde unterschieden ihn nur die schief im Gesicht sitzende, wahrscheinlich irgendwann gebrochene Nase und der starre, kalte Blick von Dieter Keuschnigg. Der Altersunterschied zwischen den beiden war auf dem Foto nicht zu merken.

Trotzdem gab es einen Unterschied, wenn der auch nicht sichtbar war. Denn einer der beiden war erschossen, in einen blau-roten Wollteppich gewickelt und weggebracht worden.

Einer der beiden jungen Männer hatte drei Menschen auf dem Gewissen. Der andere war tot. Fragte sich nur, welcher.

Während sich Hotwagner, Berger IV. und Stummberger im Gestrüpp rechtsradikaler Gruppierungen beinahe verloren, standen die Bezirksinspektoren Wasenegger und Konwalina vor einer Wohnungstür mit dem Schild in gotischer Fraktur: SOUCEK.

Die Wohnung befand sich im Parterre eines dreistöckigen Hauses aus der Jahrhundertwende. Das Haus lag im sechsten Bezirk, in der kurzen Fügergasse, die sich zwischen Stumper- und Millergasse, in unmittelbarer Nähe des Gürtels und der Mariahilfer Straße hinzieht.

Früher war die Gasse von Huren bevölkert gewesen, hatte es dort auch ein Stundenhotel gegeben, das auch reisenden Vertretern als Absteige diente. Und an der Ecke Füger- und Millergasse hatte es ein kleines Wachzimmer gegeben, das irgendwann in den siebziger Jahren aufgelassen worden war. Und die Gegend hatte trotz der Huren als eigentlich solid bürgerlich gegolten.

Jetzt gab es weder Solidität noch Huren dort. Alles war anders geworden. Nur die Straßenbahnlinie 6 fuhr wie eh und je vorbei, machte ihre Schleife bei der Mariahilfer Straße.

Die Häuserblocks waren fast nur mehr von alten Leuten und Ausländern bewohnt. Auch die meisten Geschäfte befanden sich in ungarischer, tschechischer oder polnischer Hand, seit der Eiserne Vorhang gefallen war. Zugleich blühte dort der Ausländerhaß, wie die Wahlergebnisse auswiesen. Das war kein Wunder, denn die Ostleute überschwemmten ja beinahe schon den ganzen Bezirk und auch den angrenzenden siebenten. Von zehn ehemals soliden Geschäften führten jetzt acht elektronischen Ramsch, den die Ostleute wie die Wilden kauften. Und viele Lokale waren offen ausländerfeindlich, weil sich Diebstähle häuften und die Osttouristen scharenweise auf die Toiletten gingen, alles vollschissen und das Klosettpapier stahlen. Mit der Zeit waren aus der Gegend Slums geworden, die von schlechtem Benzin, ausgelaufenem Motoröl und Pisse stanken und in denen haufenweise abgerissene Emballagen und andere Abfälle im ständigen Wind tanzten. Mehr oder weniger war die Gegend eine Filiale des Mexikoplatzes.

Amalie Soucek war eine im Grunde alte Mutter für den sechsundzwanzigjährigen Sohn. Sie war sechzig Jahre alt, schaute aber älter aus, trug eine Brille mit dicken Gläsern und hörte auch schwer. Deshalb hatten die beiden Kriminalbeamten auch lange klopfen und dann sogar gegen die Tür hämmern müssen. Denn die Klingel funktionierte nicht.

Wasenegger und Konwalina zeigten der Frau nicht nur ihre Dienstkokarden, sondern auch die Ausweise, weil sie drauf bestand.

Erst dann ließ sie die Beamten in die Wohnung, führte sie ins kleine Zimmer, drehte den schmetternden Fernsehapparat leiser und sagte mit ihrer infolge Schwerhörigkeit unkontrolliert krächzenden Stimme: „Sie müssen laut reden! Ich hab' mein Hörgerät in der Reparatur!" Und dann, hastig: „Wenn Sie zu meinem Sohn wollen – der ist nicht da! In Deutschland ist er! Auf irgendeiner Messe oder wo! Es waren schon ein paar Leut' da und haben nach dem Horsti gefragt! Aber er ist in Deutschland!"

Wasenegger fragte, ebenfalls beinahe schreiend: „Seit wann denn?"

„Seit ein paar Wochen! Wann, weiß ich nicht!"

Frau Soucek wußte anscheinend überhaupt nichts, was ihren Sohn anlangte. Nicht einmal, ob er mit seinem Bus oder mit der Bahn nach Deutschland gefahren oder vielleicht geflogen war. Sie wußte auch nicht, welcher Art seine Geschäfte waren, die ihn ab und zu nach Deutschland führten.

„Er sperrt sich ja die Rechnungen und die Korrespondenz und seine Buchhaltung in seinem Kabinett ein! 's Telefon steht ja auch drinnen!"

„Dürfen wir einen Augenblick ins Kabinett hinein?" fragte Konwalina schreiend. „Nur nachschauen, Frau Soucek!"

„Nein. Das erlaubt der Horsti nicht. Da hat er ja alles drin!"

„Gut", schrie Konwalina. „Dann kommen wir morgen. Mit einem Durchsuchungsbefehl vom Richter! Aber jetzt müssen wir zumindest ins Kabinett hineinschauen – nur schauen! Könnt' ja sein, daß Ihr Sohn drinnen ist!"

„Der ist ja in Deutschland!"

Wasenegger verlor die Geduld. Er hatte heute schon genug gemacht. Und jetzt auch noch das Hin-und-herplärren mit dieser Alten. Das war mehr, als er vertrug.

„Machen S' uns keine Schwierigkeiten!" Er drängte die Frau ab, ging zur Kabinett-Tür und öffnete sie. „Schauen müssen wir! Fertig!"

Das erste, was sie sahen, waren die Poster von Jalta mit der Aufschrift KRIEGSVERBRECHER! und die düstere Landschaft EIN JUNGES VOLK. Und an einer Wand jede Menge Schußwaffen, Ehrendolche, Embleme und Orden aus der NS-Zeit. Und ein breites schwarzes Spruchband mit Silberaufschrift: UNSERE EHRE HEISST TREUE.

Der massive Schreibtisch, der fast die Hälfte des winzigen Raums einnahm, war mit Stößen von Zeitschriften und Büchern bedeckt. Es gab auch Telefon und PC. Und ein Scanner-Radio, mit dem auch abgehört werden konnte, was Polizei und andere Behörden einander mitzuteilen hatten.

Wasenegger schob Frau Soucek, die sich zwischen ihn und die Tür drängen wollte, weg und sagte: „Dieser

Raum wird amtlich versiegelt. Da darf bis morgen niemand hinein!“ Und lauter: „Gar keiner! Auch Ihr Sohn nicht, wenn der vielleicht auftaucht!“

Er schloß die Tür. Konwalina brachte die Kleber mit dem Polizeisiegel an. Beide waren sich sicher, daß Horst Soucek nicht so schnell auftauchen würde.

Sie fuhren ins Sicherheitsbüro zurück und sorgten dafür, daß Horst Soucek und dessen VW-Bus sofort zur Fahndung ausgeschrieben wurden.

9

Am nächsten Vormittag fuhren Wasenegger, Konwalina und diesmal auch der Gruppenführer Stern in die Fügergasse.

Der Oberstleutnant zeigte den richterlichen Durchsuchungsbefehl, prüfte die Unversehrtheit der Siegel und öffnete dann die Kabinett-Tür. Dann gingen die drei Mann gründlich und methodisch an die Arbeit.

„Wir ziehen Handschuhe an“, entschied Stern. „Wir brauchen Souceks Fingerabdrücke – und andere, die sich vielleicht auch finden.“

Sie streiften die hauchdünnen Plastikhandschuhe über, und Konwalina, der sich mit Schlössern auskannte, öffnete die Laden und Türen des massiven Schreibtisches mit einem gebogenen Drahtstück.

Der Schreibtisch war zum Bersten angefüllt, und die drei Mann brauchten fast zwei Stunden, bis sie dessen Inhalt gesichtet hatten. Es gab Korrespondenzen mit Nazigruppen aus aller Welt. Nord- und Südamerika waren ebenso vertreten wie die europäischen Länder. Ein gesonderter Ordner enthielt nur Korrespondenz mit der ehemaligen DDR. Ein anderer handgeschriebene Briefe. Eine Mappe befaßte sich ausschließlich mit

Leben und Begräbnis des SS-Sturmbannführers Reder; das Absingen der Nazilieder am offenen Grab Reders im Gmundner Friedhof wurde ausführlich beschrieben, und ebenso, daß die anwesenden Staatspolizisten nicht eingeschritten waren. Nicht hatten einschreiten dürfen, weil dies von leitenden Beamten der Linzer Sicherheitsdirektion untersagt worden war. 1.800 gute Deutsche und treue Kameraden waren anwesend gewesen.

Die laut Mutter Soucek vorhandene Buchhaltung für die nebulosen Handelsgeschäfte ihres Sohnes fand sich nicht. Dafür aber, in der Schülerzeitung „GÄCK“, die ausführliche Beschreibung einer *Sportpistole Hermann Göring*. Diese Waffe werde mit Dumdum-Geschossen Kaliber 3 cm geladen, offensichtlich ein Irrtum. Es konnte allenfalls sein, daß sich die drei Zentimeter auf die Geschoßlänge bezogen. Ein solches Kaliber paßte in keine Faustfeuerwaffe, sondern in eine Kanone.

Jedenfalls war die *Hermann Göring*, wie es hieß, *„das Beste für unsere Ausländer, trifft jeden Turban bis auf eine Entfernung von dreißig Metern und gehört in jeden Schulranzen eines deutschen Jungen“*.

Sie war um RM 60.- samt Munition, allerdings aber nur gegen die Nummer des Wiking-Jugend-Clubausweises erhältlich.

Stern, Wasenegger und Konwalina überflogen die Korrespondenz. Sie sahen zwar, daß sich darunter auch Briefe an die und von der VAPO befanden, die sich um den 4. Heß-Gedenkmarsch drehten, der am 17. August 1991 im deutschen Wunsiedel stattgefunden hatte. Diese Briefe waren mit K. P. unterzeichnet. Sie maßen ihnen keine Bedeutung bei. Es gab auch Briefe von Personen, deren Namen man aus eben laufenden Neonazi-Prozessen kannte.

„Wir nehmen alles mit, meine Herren“, entschied der Oberstleutnant. „Vielleicht ist was drunter.“

Dann räumten Wasenegger und Konwalina die Schuß- und Stichwaffen von den Wänden. Unter ihnen fanden sich auch eine 08 und eine P 38. Aber aus beiden Pistolen war offensichtlich in der Kegelgasse nicht geschossen worden, weil die Verschlüsse kaputt waren.

Sie bündelten auch die Zeitschriften auf dem Schreibtisch und jene Bücher aus dem kleinen Regal, in denen es handschriftliche Eintragungen gab.

Stern schaltete den PC ein und fand eine solche Fülle von eingespeicherten und aufgelisteten Dokumenten, daß er beschloß, das Gerät und alle Disketten zu beschlagnahmen. Viele Dokumente schienen verschlüsselt zu sein, waren jedenfalls unverständlich.

Während sich Wasenegger und Konwalina auf Souceks Bett setzten, die Plastikhandschuhe auszogen, die schwitzenden Hände am Bettzeug abwischten und eine Zigarette rauchten, ging Stern ins Zimmer und fragte die hilflos vor sich hin weinende Mutter Soucek, ob es nicht auch Post gebe, die an ihren Sohn Horst adressiert war.

„Wenn Ihr Sohn schon längere Zeit fort ist – wo ist die Post, die er sicher bekommen hat?"

Frau Soucek verstand erst nicht, und Stern mußte die Frage schreiend wiederholen.

Draufhin murmelte sie etwas von „Jetzt schon alles wurscht" und „So eine Schand' . . . So eine Schand'! Alle Leute werdens wissen, daß die Polizei den Horsti sucht und alles aus der Wohnung mitnimmt und . . . Wie wenn er ein Verbrecher wär'!"

Sie schlurfte in die Küche und kam mit einem dicken Packen Briefe und Zeitschriften zurück.

„Da", kreischte sie. „Da! Nehmen S' nur alles! Machen S' nur mit einer alten Frau, was S' wollen, weil sich die nicht wehren kann!"

Und entwaffnend: „Nehmen S' mich auch gleich mit! Tun S' mich verhaften!"

„Niemand nimmt Sie mit, Frau Soucek!" schrie Stern, während er zumindest die Briefe nach deren Absender überflog.

Es waren zum Teil die gleichen Namen, die ihm schon bei Durchsuchung der Korrespondenz untergekommen waren. Auch ein Kuvert der Polizeidirektion Wien, Strafamt und Revisionsbüro für Polizeistrafsachen, war darunter. Wahrscheinlich hatte Soucek irgendwo falsch geparkt, eine Ampel oder Stopptafel überfahren oder sonstwas. Irgendeine Bagatellsache, die uninteressant war.

Er gab diesen Brief zurück und sagte: „Den können S' weiter aufheben. Aber die anderen nehmen wir mit."

Dann ging er ins Kabinett zurück, rief die Fahrbereitschaft in der Roßauer Kaserne an und verlangte einen Bus. Denn all das beschlagnahmte Zeug konnten sie unmöglich in ihren beiden PKWs unterbringen.

Plötzlich sagte Wasenegger: „Du, Oberstleutnant . . . Wir könnten die Alte draußen drauf anspitzen, ob sie die Blutgruppe von ihrem Sohn weiß. Weil . . ."

„Sicher", sagte Stern sofort. „Sehr gut, Karl. Du denkst an alles. Manchmal."

Während Stern zur Mutter Souceks ging, grinste Konwalina seinen Kollegen an: „Das war aber ein Lob, hörst. Fast wie eine Belobigung im Tagesbefehl."

Frau Soucek kannte die Blutgruppe ihres Sohnes nicht. Sie glaubte aber, „die Leute vom Spital" würden die bestimmt wissen. Weil der Horsti doch damals eine „Transfession" gekriegt hatte. „Aus einer von die Konserven – aber Gott sei Lob und Dank, er hat kein Blut gekriegt, in dem AIDS drin gewesen ist!"

Stern fragte weiter und erfuhr, daß Horst Soucek vor vier oder fünf Jahren einen Motorradunfall gehabt hatte und wochenlang in „Purkersdorf oder wo" liegen mußte. Und kurz danach war es mit dem Blinddarm losgegangen. Den hatten sie ihm im Hanusch-Spital in Wien herausgenommen.

Stern erfuhr auch, daß sich Soucek beim Motorradunfall Verletzungen am Kopf und an der linken Hand zugezogen hatte.

„Eine schiefe Nasen hat er seitdem", kreischte die Soucek. „Gar nicht schön schaut die aus!"

Dann fiel ihr ein, daß das im Jahr 1986 gewesen sein mußte. Es war sogar ganz bestimmt das sechsundachtziger Jahr gewesen, weil damals ihre Schwester gestorben war und der Horsti deswegen nicht hatte „auf die Leich'" gehen können.

Souceks Vater war übrigens im Jahr 65 gestorben, weil er ja vorher jahrelang in russischer Gefangenschaft und dann auch noch „in Sibirien oder wo" in einem Gulag gewesen war. Er hatte gerade noch die Geburt seines Sohnes erleben dürfen, dann war es vorbei gewesen.

Um 14.30 Uhr beendeten Stern, Wasenegger und Konwalina die Hausdurchsuchung. Dann fuhren sie, hinter dem ziemlich voll beladenen VW-Bus der Fahrbereitschaft, in Richtung Sicherheitsbüro.

Stern war mit seinem Passat leicht aus der Parklücke gekommen, aber die beiden anderen, die den weißen Golf fuhren, waren von Ostautos eingekeilt gewesen.

„Arschlöcher!" schimpfte Konwalina, der wie besessen zentimeterweise reversierte. „Scheiß-Tschuschen! Kommen millionenweise zu uns nach Wien und blokkieren alles! Können die sich ihren Scheißdreck nicht zu Haus' kaufen?"

„Bleib ruhig", grinste Wasenegger. „Und schimpf nicht über die Bloßfüßigen. Denk lieber dran, daß die Wiener auch millionenweise nach Bratislava oder Sopron und Györ fahren, damit sie Sauferei, Zigaretten und Fressalien hamstern. Und du mitten drunter, Robert. Oder nicht?"

Dann legte er noch ein Schauferl nach und erinnerte Konwalina daran, daß die Tschuschen keine Tschuschen, sondern liebe Kollegen waren. Denn in der vor ein paar Monaten gegründeten Wiener Polizei-Akademie saßen ja Österreicher und Ungarn, die gemeinsam und grenzüberschreitend arbeiten sollten. Und der Polizeipräsident hatte, auch erst unlängst, bekanntgegeben, daß sechzig eingebürgerte Jugos, Türken und einige Ostburschen in die Polizeischule aufgenommen werden sollten, um erst Deutsch zu lernen und dann als Sicherheitswachebeamte ausgebildet zu werden.

Konwalina gab, endlich freigekommen, abrupt Vollgas und überfuhr beinahe eine junge Frau mit Kinderwagen.

„Scheiß!" fluchte er. „Die hab' ich jetzt nicht gesehen."

Er schnaufte wütend. „Weil du ununterbrochen herumnörgelst! Das macht jeden Chauffeur nervös." „Und außerdem", sagte er ruhiger, „bin ich heuer vielleicht erst ein- oder zweimal in Ungarn gewesen. Und gegen Ausländer hab' ich überhaupt nichts. Mir sind halt nur die Inländer lieber."

Vom Sicherheitsbüro aus rief Oberstleutnant Stern das Hanusch-Krankenhaus an und erfuhr nach einigem Weiterverbinden und Warten, daß ein Horst Soucek zwar nicht im Jahre 1986, sondern dem Jahr danach operiert worden war. Sein Blinddarm war entfernt worden. Und die Blutgruppe des Patienten war 0 positiv gewesen.

Stern bedankte sich freundlich, war aber stocksauer.

Dieter Keuschnigg und Horst Soucek hatten also die gleiche Blutgruppe.

Die Mordgruppe 2 wußte wieder nicht, wer in den blau-roten Teppich gepackt worden war.

10

Otto Hotwagner und „Burli“ Berger IV. kamen gegen 16 Uhr ins Sicherheitsbüro zurück.

Sie waren aber nicht, wie Wasenegger beißend meinte, stundenlang bei einem Wienerwald-Heurigen gesessen, sondern hatten umfassend ermittelt.

„Ermitteln“, brummte Hotwagner zu den anderen, „das ist was, was ihr nicht tuts. Oder nur selten. Und jetzt gehen der Burli und ich erst einmal was essen. Wir haben heut’ noch keinen Bissen gehabt! So schaut’s aus, meine Herren – wenns ihr überhaupt Herren seids, ihr Rotzbuben.“

Nach dem Essen begannen Hotwagner und Berger IV. zu berichten.

In der Hauptsache sprach Hotwagner, unterstützt von mehreren Kaffees und zahllosen Zigaretten.

„Ich fang’ vom Anfang an, Burschen: Das Wirtshaus im Wald heißt deswegen *Endstation*, weil der Wirt, der’s gebaut hat, früher ein Lokal bei der 43er-*Endstation* in Dornbach gehabt hat. Das hat aber im Krieg einen Bombentreffer gekriegt und war hin. Da hat der Wirt die alten Straßenbahntafeln genommen, mit denen es geschmückt war, und hat sich weiter draußen, im Wienerwald, ein neues gebaut. Als Ausflugsstation. Den alten Namen hat er behalten, und die Tafeln hängen heut’ noch im Lokal drinnen. Jetzt steht die *Endstation* in der Nähe vom Exelberg. Der frühere Wirt ist lange tot, aber der ehemalige Catcher Johann Kraus hat die Hütte vor ein paar Jahren übernommen, renoviert und betreibt sie jetzt noch.“

„Richtig", fiel Berger IV. ein. „Wir haben auf der Karte nachgeschaut, auf welchem Bereich das Lokal steht." Er grinste. „Bei gutem Willen könnt' man sagen, es ist noch in Wien, gehört also uns und nicht der Gendarmerie."

„Keine solchen Einzelheiten", sagte Stern. „Erzählts, was wesentlich ist. Keine G'schichterln."

„Alles dort ist wesentlich", brummte Hotwagner mit Nachdruck. „Weil dort ist der Punkt, wo wir ansetzen können. Hör nur, Waldi."

Er beschrieb die *Endstation*, die aus einem größeren Fachwerkgebäude bestand, das einen Stock besaß. Es gab auch zwei Holzschuppen dort, von denen einer als Kegelbahn verwendet wurde. Der andere war mit Klappsesseln und Klapptischen angefüllt, die bei warmem Wetter im Freien aufgestellt wurden. Aber außerdem gab es eine Ecke mit Tischen und Sesseln – und die war mit Naziplakaten tapeziert. Auch EIN JUNGES VOLK war affichiert. Ein paar davon verstießen eindeutig gegen die NS-Verbotsgesetze und auch gegen das Strafrecht. „Und . . ."

„Vergiß die Hundsviecher nicht, Otto!" warf Berger IV. ein.

„Wollt' ich ja gerade drauf kommen. Sei nicht vorlaut, Burli!" sagte Hotwagner. „Der Wirt hat in Käfigen zwischen den Holzschuppen einen Haufen junge Hunde. Aber gefährliche. So Pit-Bullterrier und andere."

Er schnaufte. „Wenn's nach mir geht, werden solche Hund' verboten. Es sind keine Viecher, sondern Mordwerkzeuge. Pumpguns auf vier Haxen. Aber bitte. Wenn unsere Politiker keine entsprechenden Gesetze machen, können wir Wurschteln nichts tun."

Der Catcher-Wirt besaß, wie Hotwagner berichtete, auch einige Schußwaffen, hatte aber für jede einen Schein. Er besaß sogar zwei Pumpguns. Sagte, die brauche er zu seinem Schutz, weil er ein Lokal hatte und es im Wienerwald nicht immer geheuer war.

„Er war recht kooperativ, wie er unsere Marken gesehen hat", brummte Hotwagner. „Hat uns alle Puffen freiwillig gezeigt. Der Burli und ich glauben, daß der Typ direkt schon auf uns gewartet hat. Er hat auch von sich aus erzählt, daß sich bei ihm junge Burschen, wie er sagt, getroffen haben. Zu Geländespielen und sowas. Die sollen aber seit einem Jahr oder so ausgeblieben sein. Warum, weiß er angeblich nicht. Nette Leut waren das, hat er gemeint. Kein Gesindel, keine Punks, keine Giftler, keine Skins. Alles durch die Bank bessere Söhne. Studenten. Keine Saufereien. Ein, zwei Biere, ja. Sonst aber nichts."

Eine Art Jugendorganisation seien die halt gewesen. Junge Leute suchten überall auf der Welt Kameradschaft und Gemeinsamkeit. Da wäre nichts dabei. Und er hätte ihnen halt sporthalber ein paar Catchergriffe beigebracht. Zur Selbstverteidigung. Natürlich hätten sie auch politisiert. Aber da hatte er nicht zugehört. Politik sei ihm wurscht. Ihn habe sein Leben lang immer nur der Sport interessiert. Jeder nach seiner Fasson. Leben und leben lassen.

Gesungen hatten die jungen Leute auch. Hier und da. Welche Lieder, könne er nicht sagen. Er sei voll unmusikalisch. Eigentlich sage ihm nur der „Einzug der Gladiatoren" was, weil der vor jedem Kampfabend gespielt wird.

„Das Wirtshaus schaut eigentlich aus wie das Museum von einem Wirtshaus", warf Berger IV. ein. „Drinnen hat er alles über die alte Straßenbahn. Schilder, Lampen, Schaffnertaschen – alles. Und haufenweise Bilder aus der Zeit, wo er noch gecatcht hat. Lorbeerkränze und seinen Catchermantel von früher.

Schwarz mit grüner Schrift THE GORILLA MAN. Seine Ringerstiefel hängen über der Schank. Auch eine Ringglocke. Alles echt arg."

Hotwagner übernahm wieder.

„Wir haben ihm unsere Fotos gezeigt, aber die Wirkung war gleich Null. So viel er vorher geredet hat, so sparsam war er bei den Fotos. Er hat zwar zugegeben, daß er glaubt, Keuschnigg und Soucek waren unter den Jungen, die sich bei ihm getroffen haben. Keuschnigg möglicherweise bestimmt, hat er sich korrigiert. Soucek vielleicht, aber eher nicht."

Wasenegger grinste schief. „Habts ihr halt doch nur eine Landpartie gemacht. Weil . . ."

„Vergiß dein Wort nicht, Karli", unterbrach ihn Hotwagner. „Weil jetzt kommt der springende Punkt. Der Wirt lebt nicht allein im Wald. Er hat auch eine junge Frau dort."

Wasenegger blieb unbeeindruckt. „Na, und was ist da dran? Eine Frau hat jeder. Wenn er Glück hat, auch eine junge. Außer er ist warm oder impotent."

„Stimmt schon", brummte Hotwagner. „Aber diese junge Frau ist eine Polin und nicht dort gemeldet. Sie ist überhaupt nirgends gemeldet, Karli. Und es ist für sie auch kein Einreisevisum ausgestellt worden. Das haben wir überprüft. Deswegen sind wir so spät gekommen."

„Genau", sagte Berger IV. Er schaute in sein Notizbuch. „Sie heißt Krystina Adamski – und hat eine Todesangst vor der Polizei. Sie ist mit einem Pajero voller Getränke und Fresserei gekommen. Und es war dem Wirt überhaupt nicht recht, daß wir sie gesehen haben. Er hat uns viel zu hastig erklärt, daß sie erst seit einer Woche bei ihm ist. Sie soll einem Mann davongerannt sein, weil der sie bedroht hat. Schutz, sagt er, hat sie halt bei ihm gesucht. Und zufällig ist sie in die

Endstation gekommen, weil sie im Wienerwald die Richtung verloren hat. Aber er hat vergessen, sie bei sich polizeilich zu melden."

Dann sprach wieder Hotwagner. „Die Frau ist sicher länger als eine Woche dort. Und sie weiß was. Niemand kriegt so eine Panik und wird weiß wie die Wand, wenn er eine Polizeimarke sieht und unschuldig ist. Und sie hat, wie wir ihr die Fotos gezeigt haben, schon gesagt, sie kennt keinen drauf, bevor sie überhaupt hingeschaut hat. Bei der ist was nicht koscher. Bei der können wir ansetzen. Die kennt den Soucek, den Keuschnigg und alle *Odoaker*. Und sie ist schon lange beim Wirt."

Hotwagner zog ein Hosenbein hoch, rollte den Sokken hinunter und schaute sorgenvoll auf den schwarzblau verfärbten Knöchel. „Heut' oder morgen platzt mir das auf . . ." Dann brummte er: „Wir müssen die junge Frau ohne den Wirt erwischen. Vor dem hat sie nämlich auch Angst. Er haut sie. Sie hat blaue Flecken unter einem Auge und über einem Backenknochen."

Er wandte sich an den Gruppenführer. „Es wär' gut, wenn wir die observieren täten, Chef. Die ist eine Fundgrube. Wir müssen sie kriegen, wenn der Wirt nicht dabei ist und auch nicht unvermutet auftauchen kann. Da muß sich die Frau ganz sicher sein. Und dann drücken wir sie zusammen – und sie wird reden wie ein Büchel."

„Der Otto und ich haben uns schon was ausgedacht", sagte Berger IV. „Wir könnten warten, bis sie wieder mit dem Pajero unterwegs ist, zum Einkaufen. Und sie abfangen. Das kann der Otto aber auch allein machen."

Hotwagner nickte. „Genau. Und ihr anderen könnts unter irgendeinem Vorwand in der *Endstation* eine Durchsuchung machen. Wegen der Genehmigung für die Hunde. Wegen der Waffen. Wegen irgendwas. Nur damit der Wirt hundertprozentig nicht weg kann."

Oberstleutnant Stern war von dieser Idee nicht begeistert. „Was du da vorhast, Otto, ist eine Linke. Gegen die Strafprozeßordnung. Die Gruppe 2 kann keine fingierte Durchsuchung machen. Wenn das der Hofrat erfährt, kriegt er einen Kollaps."

Konwalina nickte. „Und uns wird der Arsch bis zu den Mandeln aufgerissen."

Aber Hotwagner blieb hartnäckig.

Zu dieser jungen Frau kamen sie entweder nur so oder überhaupt nicht. Sie war die einzige, die wahrscheinlich oder sogar sicher reden und „niederlegen" würde. Und wenn sie von ihr nichts Näheres erfuhren, tappten sie weiterhin umher, ohne weiterzukommen.

Wie bei den Favoritner Sexualmorden, die noch immer nicht aufgeklärt waren. Die Ergreifung des Täters war so schwierig, weil es keine Informanten gab.

Aber beim Kegelgassenmord gab es wen, der reden konnte. Diese Krystina Adamski. Also mußte man sich an sie halten.

„Horch zu, Waldi", redete er den Gruppenführer erneut an. „Wir müssen mit der Frau was machen. Ob's eine Linke ist oder nicht. Am Ende entscheidet der Erfolg. Gib dir einen Stoß, Oberstleutnant! Wenn wir nur nach den Vorschriften und Gesetzen vorgehen, können wir Parkwächter, aber nicht Kieberer sein!"

Stern schaute unschlüssig. Dann sagte er langsam: „Okay, Otto. Ich werd' es mir durch den Kopf gehen lassen."

Und zu allen: „Ihr könnt heimgehen, meine Herren. Wir machen morgen weiter. Ich bleib noch kurz da. Möcht' mir was anschauen. Das kann ich zu Haus' nicht. Da hab' ich keine Ruhe."

Stern sagte aber nicht, was er sich in Ruhe anschauen wollte.

Und seine Leute fragten nicht danach.

11

Konwalina und Berger IV. fuhren in die Tischtennis-Sektion der Polizeisportvereinigung, um nach langer Zeit wieder einmal ein paar Partien zu spielen. Danach wollten sie ihre Frauen holen und irgendwohin essen gehen. Vielleicht ins *Butterfaßl* in den Prater. Man konnte ja schon draußen im Garten sitzen. Und es gab dort gutes offenes Pilsner.

Wasenegger hatte auf dem Heimweg einen Auffahrunfall. Zwar nur mit leichtem Blechschaden, aber trotzdem ärgerlich. Der Unfallgegner fragte ihn, ob er den Führerschein in der Blindenlotterie als Trostpreis gewonnen habe.

Wasenegger blieb ruhig, füllte den Unfallbericht sorgfältig aus und hielt drin fest, daß er der Schuldige war. Dann holte er aus dem Handschuhfach einen Aufkleber vom bereits vergangenen Mozartjahr und überklebte damit die kleine Delle am vorderen Kotflügel. Auch er ging mit seiner Frau essen und dann anschließend gleich nach Hause. Sie hatten sowieso schon ewig nicht mehr miteinander geschlafen.

Hotwagner kaufte sich auf dem Heimweg eine Jause und zwei Dosen Bier, aß und trank aber lustlos. Er schaute sich die Fernsehnachrichten an, schaltete dann aus, ging in der leeren Wohnung hin und her, rauchte, war unruhig.

Der Kegelgassenmord fraß an ihm. Denn er blickte durch diese Geschichte nicht durch.

Und je mehr er schaute, desto weniger sah er.

Er war sich zwar sicher, daß dahinter ein Nazimotiv stand, fand aber keine Verbindung zu den zwei Frauen.

Na gut. Ein Nazi hatte einen anderen umgeschossen. Vielleicht war es ein Fememord. Sie hatten sowas schon gehabt. Entweder hatte Keuschnigg dem Soucek oder dieser dem Keuschnigg den halben Schädel weggeblasen. Abgängig waren vorläufig ja beide. Und beide hatten Blutgruppe 0 positiv. Einer lebte. Der andere war im Teppich weggebracht worden.

So weit, so gut.

Aber warum waren die zwei Frauen umgebracht worden?

Hotwagner entdeckte, daß er keine Zigaretten mehr hatte. Er quälte seine geschwollenen Füße wieder in die Schuhe hinein, verließ das Haus und kaufte sich beim Automaten Zigaretten.

Dann zündete er sich eine Zigarette an, ging gedankenlos zu seinem Wagen und setzte sich hinein.

Als er bereits die nächste Zigarette paffte, ging ihm erst auf, daß er nicht wußte, wohin er eigentlich fahren wollte. Die Uhr am Armaturenbrett zeigte halb zehn.

Er warf die kaum angerauchte Zigarette aus dem Wagen und fragte sich, ob er schon so alt und vertrottelt war, um nicht mehr zu wissen, was er tat.

Dann schob er diesen Gedanken beiseite und beschloß, wieder ins Sicherheitsbüro zu fahren. Sitzen und grübeln konnte er auch dort. Und im SB fühlte er sich mehr zu Hause als daheim. Er haßte die leere Wohnung, seit die Katze gestorben war.

Kurz vor zehn Uhr parkte er vor dem Sicherheitsbüro und stieg langsam zu den Räumen der Mordgruppen hoch. Im zweiten Stock ging ihm schon die Luft aus, und der rechte Fuß fühlte sich an, wie wenn er aus Holz wäre.

Als er ins Dienstzimmer der Mordgruppe 2 kam, drang Lichtschein durch die Spalte der nur angelehnten Tür.

Drinnen saß der Oberstleutnant in einer Rauchwolke und las.

„Ich bin wieder kommen, Waldi", brummte Hotwagner entschuldigend. Und fragte: „Was machst denn du da? Lesen?"

„Ja. Lesen", sagte Stern.

„Und was?" fragte Hotwagner.

„Nichts", brummte Stern. „Nur den Essay oder die Geschichte, die der junge Keuschnigg über den Andreas Gryphius geschrieben hat. Ich hab' noch mit den drei Studentinnen telefoniert, als ihr schon weg gewesen seid. Aus einem Gefühl heraus."

Hotwagner schaltete die Kaffeemaschine ein, rauchte wieder und lächelte schwach. „Ich bin auch aus einem Gefühl heraus zurückgekommen. Komisch."

Er setzte sich schwerfällig und fragte: „Warum verbeißt du dich denn so in diesen Gryphius? Der ist doch Hunderte Jahre tot. Was bringt dir sowas?"

„Vielleicht viel", sagte Stern. „Ich weiß es noch nicht. Aber jedenfalls hat mir eine der Studentinnen gesagt, daß der junge Keuschnigg in dem Gryphius sowas wie einen Wegweiser gesehen hat. Er wollte anders leben. Richtig leben, wenn du verstehst. Ein *unverzagt Gemüt* haben, wie der Dichter."

Hotwagner schaute zu, wie der Kaffee in die Kanne zischte. „Was heißt denn: *unverzagt*? – Ich bitte dich!"

„Es heißt", sagte Stern, „daß es Leute gibt, die sich darüber Gedanken machen, wie sie richtig leben sollen. Gib mir übrigens auch einen Kaffee, Otto. Bitte."

Er stand auf, stellte sich vor Hotwagner und sagte: „Gryphius war als Mensch und Dichter von dem Gedanken besessen, daß alles, wonach wir streben, im Grunde nichts Erstrebenswertes ist. Er sagt zum Beispiel: *Die Herrlichkeit der Erden, muß Rauch und Aschen werden*. Und so weiter. Draus folgert er: Wenn nichts ist, so muß der Einzelmensch etwas aus sich machen. Und so leben, daß er vor sich selbst als einziger moralischer Instanz bestehen kann. Verstehst du, Otto?"

Hotwagner schaltete die Kaffeemaschine ab, nahm die Kanne und goß beiden ein. „Nein", sagte er. „Das ist ja auch nicht zu verstehen. Oder?"

Stern lächelte. „Es ist vielleicht schwierig, aber es ist zu verstehen. Jedenfalls, der junge Keuschnigg dürfte es verstanden haben, er dürfte versucht haben, sein Leben zu ändern. Was heißt: Er wollte von den Nazis weg. Hat erkannt, daß Leute wie die *Odoaker* den falschen Weg gehen. Übrigens, Otto: Die Geschichte wimmelt von Leuten, die ähnlich reagiert haben, wie es möglicherweise unser Keuschnigg getan hat. Oder denk an den Kirchenvater Augustinus . . . Es gibt aber auch Leute, die . . ."

„. . . ins Narrenhaus gehören, wenn du mich fragst", unterbrach ihn Hotwagner. „Das hat doch alles keinen Arsch und Kopf, Oberstleutnant! Das ist doch Wischiwaschi! Es kann doch nicht einer den anderen den Schädel herunterschießen, nur weil er ein Büchel gelesen hat! Das ist doch eine Schnapsidee, hörst!"

„Schrei nicht herum!" sagte Stern scharf. „Ich möcht' nachdenken! Und das läßt du mich entweder tun oder setzt dich woanders hin, Otto!"

Hotwagner zuckte leicht zusammen. So hatte der Oberstleutnant schon lange nicht mit ihm geredet.

„Na, entschuldige", brummte er. „Ich halt' schon die Pappen. Lies nur weiter. Denk nur in Ruhe nach. Ich geh' eh schon."

Wieder auf der Roßauer Lände, setzte sich Hotwagner auf eine Bank in der kleinen Grünanlage beim Donaukanal.

Jetzt drehte auch der Chef durch. Las Sachen, die

einer vor mehreren hundert Jahren geschrieben hatte. Und schnauzte einen Mann an, der sein Vater sein konnte. Der schon Polizist gewesen war, als er noch in die Windeln geschissen hatte.

Was war denn ein Oberstleutnant ohne seine Leute? Ein Schas im Wald. Oder nicht einmal das.

Der Gruppenführer sollte lieber, statt über richtiges Leben zu philosophieren, über die Aktion wegen der Polin und dem Catcher-Wirt nachdenken. Die würde wenigstens was bringen.

Was hatte Stern von einem Kirchenvater gefaselt? Daß der über richtiges Leben nachgedacht hatte? Denken? Na, das machten die Leute ja eh. Pausenlos. Viel zuviel dachten die nach. Und dann kam es zu einem Mord nach dem anderen. Und die Mordgruppen des SB mußten dann quer durch menschlichen Dreck waten. Und sich mit dem Jagen von Verbrechern die Gesundheit zugrunde richten. So schaute es aus. Das kam vom Nachdenken der Leute.

Nach und nach wurde der Gruppeninspektor Hotwagner ruhiger.

Es konnte ja sein, daß der Waldi recht und er unrecht hatte.

Vielleicht war er ein schon viel zu alter Polizist. Vielleicht überhaupt zu alt.

Als Mensch war er ja schon gescheitert.

Vielleicht scheiterte er jetzt auch als Kieberer.

Hotwagner stand auf und ging zum nahen *Polizeiwirtshaus*. Dort bestellte er sich ein Schnitzel, aß hinterher noch eine Portion Krautfleckerln. Trank, ganz gegen seine Gewohnheit, zwei Bier und zwei Viertel Wein.

Fuhr dann mit einem unguten Gefühl im Magen und vom Alkohol benebelt nach Hause. In die leere Wohnung.

12

Am nächsten Vormittag war die Mordgruppe 2 wieder zum Rapport bei Hofrat Tamandl.

Er drängte diesmal recht energisch, daß in seinem Büro das Rauchverbot eingehalten werde, und war bereits wesentlich ungeduldiger als voriges Mal.

Jetzt, wo die Wiener Weltausstellung 1995 wegen einer verpatzten Volksbefragung abgesagt war, gelte es zu beweisen, daß Wien kein Dorf ist. Deshalb seien alle Mordfälle raschest aufzuklären.

„Noch dazu Mordfälle, die sich in touristischen Zentren, sprich in unmittelbarer Nähe der weltberühmten Hundertwasser-Häuser, ereignen!" dozierte er. „Man mag über den künstlerischen Wert derartiger Bauwerke geteilter Meinung sein – unzweifelhaft ist aber, daß die Augen der Welt auf sie gerichtet sind! Wollen Sie sich das merken und danach handeln, meine Herren!"

Otto Hotwagner war nicht gut aufgelegt. Erstens wegen der gestrigen Debatte mit seinem Gruppenführer, und zweitens, weil er nicht rauchen durfte.

Deshalb steckte er sich eine *Boro* zwischen die Lippen, zündete sie aber nicht an, sondern brummte mürrisch: „Wir handeln eh danach, Herr Hofrat. Und merken uns alles, was Sie sagen. Aber . . ."

„Wir tun bestimmt, was im Bereich unserer Möglichkeiten liegt!" kam ihm Stern zu Hilfe. „Wir ermitteln nach Kräften und haben ja schon sowas wie einen brauchbaren Ansatz, um weiterzukommen."

Dann berichtete er von den Ermittlungen Hotwagners und Bergers IV. in der *Endstation*. Und von der Idee Hotwagners, die Krystina Adamski unauffällig vom Catcher-Wirt zu isolieren und eindringlich zu befragen.

Tamandl stellte sofort die Haare auf. „Kann sein, Herr Stern, daß die Idee nicht schlecht ist – aber sie ist einfach Wildwest. Solche Vorgangsweisen kommen in amerikanischen Detektivserien vor – aber nicht bei uns!"

Er dachte nach und sagte leise und mehr zu sich. „Es mag natürlich sein, daß . . ."

Und nach einer Pause: „Ich könnte – könnte, meine Herren! – ein solches Vorgehen vielleicht, unter Umständen und wenn es erfolgreich ist, gegebenenfalls zu decken versuchen . . . Aber ich kann es weder anordnen noch a priori gutheißen. Das muß ihnen doch klar sein, meine Herren."

Den Rest des Tages verbrachten die Männer der Mordgruppe 2 mit sinnloser Lauferei. Sie fuhren mit ihren Fotos kreuz und quer durch Wien, fragten da und dort, kamen aber nicht weiter.

Keuschnigg und Soucek schienen absolut unbekannt zu sein.

Die Krönung des Tages kam dann durch ein Fernschreiben der Gendarmerie Hohenems in Vorarlberg.

Keuschnigg und Soucek waren von einem Gendarmerie-Patrouillenleiter erkannt worden, als sie mit einem grünen VW-Bus mit altem Wiener Kennzeichen eine Stopptafel überfahren hatten.

„Aha", schnaufte Hotwagner mit unsäglicher Verachtung. „In Vorarlberg . . . Und dort haben s' beide in einem grünen Bus gesehen . . ."

Er wälzte sich zum Fernschreiber und fragte in Hohenems an, ob der Kollege zufälligerweise mit einer gelben Armbinde und weißem Stock ausgerüstet war. Denn er konnte nur einen der beiden gesehen haben, weil der andere nämlich tot war. Und der VW sollte nicht grün, sondern blau sein."

Die Gendarmerie-Abteilung Hohenems schickte weder eine Antwort, noch bestätigte sie den Erhalt des Fernschreibens.

Wenig später ging Stern nochmals zum Hofrat und ersuchte ihn dringend, sich die Idee Hotwagners durch den Kopf gehen zu lassen. Vielleicht sei sie nämlich der einzige Weg, um weiterzukommen.

13

Zwei Tage später war die Mordgruppe 2 noch immer nicht weiter.

Ihre zwei Frauenleichen lagen noch immer in der Gerichtsmedizin, wegen Personalmangels war an ihnen noch nicht gearbeitet worden.

Die Leichen erschienen den Gerichtsmedizinern als nicht vordringlich. Sie waren halb verwest, und es fehlte ihnen jeweils ein Teil des Schädels, aber die Todesursache war klar.

Die Gerichtsmedizin hatte lediglich versprochen, sie im Laufe der Woche unters Messer zu nehmen.

Inzwischen hatte die Mordgruppe 2 den Computer, die Disketten und die Korrespondenz Horst Souceks überprüft, aber auch das brachte nichts Interessantes. Der Stapomann Charly Stummberger, der vielleicht das eine oder andere hätte deuten können, war bereits abgezogen worden. Und die Männer der Mordgruppe 2 fanden nichts, was sie weitergebracht hätte.

Die Daten auf der Festplatte des PC waren Auflistungen von Dokumenten-Nummern, die Dokumente selbst waren nicht gespeichert. Und sonst gab es nur Hinweise auf Zeitungsartikel oder Bücher, die sich entweder bei Soucek gefunden hatten oder in der Nationalbibliothek standen. Auf den Disketten fanden sich diverse Computerspiele nazistischen Inhalts, wie: *Wer fliegt denn da durch den Schornstein?*, *Sanatorium Auschwitz*, *Wie viele Kanaken gehen in den Aschenbecher? Ein heiteres PKW-Quiz* und so weiter. Es fanden sich auch Berichte über die Waffen-SS, Teilnehmerlisten von Kundgebungen und ähnliches. Auch offensichtlich verschlüsselte Texte.

Die Briefe enthielten nur knappe Mitteilungen von Veranstaltungen. Oder Persönliches, das aber von so diffusem Inhalt und voller Ungereimtheiten war, daß es möglicherweise chiffrierte Mitteilungen enthielt.

Verständlich war nur eine Korrespondenz Souceks mit deutschen Kameraden, die sich mit der Aktivität der Kampfgruppe *Odoaker* befaßte. Anschläge gegen diverse Lokale der Wiener KPÖ waren beschrieben. Ebenso beabsichtigte Aktivitäten gegen das Flüchtlingslager Traiskirchen, die aber offenbar nicht oder noch nicht stattgefunden hatten.

Im Grunde war aber alles Lesbare und Verständliche bekannt. Hinweise auf Dieter Keuschnigg gab es keine.

Und es gab trotz wiederholter Ausschreibungen keine Spuren, wohin Dieter Keuschnigg, Horst Soucek und dessen Kleinbus verschwunden waren.

Wasenegger und Berger IV. befragten einige einsitzende und kooperationswillige Neonazis, erfuhren aber nichts. Sie wußten, wer Soucek war. Keuschnigg kannte keiner.

Hotwagner und Konwalina hatten auch versucht, von polizeibekannten Waffenhändlern der Wiener Unterwelt etwas über Käufer oder Verkäufer von ehemaligen Wehrmachtswaffen zu erfahren, aber nur mitleidiges Lächeln geerntet. Derlei „Puffen“ waren längst aus dem Verkehr, nur ein paar „Liebhaber“ gingen noch mit einer alten Walther PPK umher, aber die hatte Kaliber 7,65 und nicht 9 mm. Und Munition bekam man überall auch legal zu kaufen. Und besonders die P 38 war, wie die Unterweltler sagten, nie populär gewesen, weil sie ausgesprochen unhandlich war.

Erst jetzt entschloß sich der Hofrat August Tamandl, dem dauernden Drängen seines Gruppenführers Ewald Stern nachzugeben.

Er antichambrierte da und dort wegen eines Durchsuchungsbefehls für die *Endstation*, erhielt diesen aber erst, als er den Catcherwirt als möglichen Chef einer Schlepperorganisation darstellte, die haufenweise die übelsten Ausländer ins Land schleuste.

Das war ihm in seiner Verzweiflung als letzter Ausweg eingefallen – und es wirkte. Wirkte fast sofort, weil das Ausländerproblem immer ärger wurde, Rassismus und Fremdenhaß wucherten und dagegen zumindest irgendwas unternommen werden mußte.

Tamandl hatte sich allerdings davor gehütet, ein Wort über die Gruppe *Odoaker* zu verlieren. Denn dann hätte es sofort Rückfragen an die Stapo gegeben, und die hätte – so wie Oberst Kickinger – behauptet, daß es die *Odoaker* längst nicht mehr gebe.

Aus dem Grund bestand Tamandl gegenüber Stern auch darauf, daß der als Berater zugeordnete und inzwischen abgezogene Stapomann Stummberger keinen Mucks über die Aktion gegen das Wienerwaldgasthaus erfahren dürfe.

Aber sonst gab er Stern freie Hand, wollte aber, wenn etwas schiefging, mit „dieser Wildwestgeschichte“ nichts zu tun haben. Für einen etwaigen Mißerfolg würde der Oberstleutnant allein verantwortlich sein.

Unmittelbar danach lief die Operation an.

„Dich, Karli, kennt der Gorilla nicht“, sagte Stern zu Wasenegger. „Du machst als Ausflügler eine Wanderung durch den Wienerwald. Ziehst dich entsprechend an. Kehrst in der *Endstation* ein, ißt und trinkst was und läßt dir Zeit. Schaust auf die Polin und redest mit dem Wirt, über irgendwas. Red ihn vielleicht über das Catchen an. Wenn's zu lang dauert, gehst du wieder, suchst dir einen guten Beobachtungsplatz und rührst dich nicht von der Stelle. Bis die Polin wieder einkaufen fährt. Und wenn's bei dir nicht hinhaut, macht morgen der Konwalina weiter. Aber keiner von euch läßt sein Sprechfunkgerät sehen! Achtet drauf!"

Er schaute auf seine Männer und brummte. „Ihr seid alle miteinander schlampig mit dem Walkie-talkie. Gestern hat einem von euch, ich sag' nicht, wem, die Antenne aus dem Sakko geschaut. Also, bitte."

„Okay", brummte Hotwagner. „Das werd' ich gewesen sein. Pech."

Stern wandte sich wieder an Wasenegger. „In dem Moment, wo die Polin wegfährt, rufst du uns und fährst ihr nach. Dann sind wir bereits unterwegs, weil wir halbwegs in der Nähe postiert sein werden. Der Otto schnappt sich die Polin und quetscht sie aus. Er kann ja gut mit jungen Frauen umgehen."

Keiner lachte über diesen Scherz. Nur Otto Hotwagner brummte beiläufig: „Ich kann nicht nur mit Mädeln, sondern mit allen Leuten gut umgehen. Nur mit meiner Frau hab' ich halt ein Pech gehabt."

Und lauter und sachlich. „Während ich mit der Krystina red', fangts ihr an, die *Endstation* und den Wirten auseinanderzunehmen. Und laßts euch nicht hetzen dabei. In dem Moment, wo ich aus der Polin was herausgebracht hab', geb' ich euch das sofort durch."

Und zu Stern: „Dann kannst du den Wirt drauf anspitzen, Waldi. Aber mit Dampf dahinter. Drück nur drauf. Der Gorilla ist kein altes Mutterl. Den mußt hart nehmen."

Wasenegger meldete sich ab.

Er fuhr nach Hause, zog sich ein bißchen um, rief die Gruppe an und sagte, er fahre jetzt los.

Die anderen warteten eine halbe Stunde. Dann setzte sich Hotwagner in seinen Wagen und fuhr gemütlich nach Dornbach. Und er genehmigte sich bei einem Würstelstand in Nähe der Straßenbahnremise Wattgasse zwei Burenwürste mit Kren und Senf, aß drei Brote dazu, trank aber nur Mineralwasser.

Stern und Berger IV. nahmen den Passat und fuhren bis an den Rand des Wienerwaldes.

Konwalina nahm den weißen Golf, um sich in Reserve zu halten. Für den Fall, daß mit Wasenegger etwas nicht hinhaute.

Um 16.40 Uhr gab Wasenegger durch, daß die Polin, wieder mit dem Mitsubishi Pajero, die *Endstation* verlassen hatte und Richtung Neuwaldegg unterwegs war. Er würde ihr folgen und laufend die Position durchgeben.

Um 16.50 Uhr überholte Wasenegger den Pajero und streckte die Kelle mit der Aufschrift POLIZEI aus dem Fenster. Die Polin fuhr an den Straßenrand und hielt an der Kreuzung Neuwaldegger Straße – Klampfenberggasse – Dornbacher Straße.

Noch ehe die Polin aussteigen konnte, war auch schon Hotwagner da.

Er stellte sich vor den Pajero und sagte zu Wasenegger. „Kannst weiterfahren, Karli. Jetzt bin ich da."

Wasenegger drehte um und fuhr weg.

Und Hotwagner ging zum Pajero, zeigte der Polin seine Dienstkokarde und sagte gemütlich: „Polizei. Sicherheitsbüro."

Und fast freundlich: „Brauchst keine Angst vor mir haben, Kinderl. Laß mich einsteigen. Ich möcht' was reden, mit dir."

Krystina Adamski zog den Sperrbolzen der Beifahrertür hoch und öffnete. Sie schaute hilflos und sichtlich mit großer Angst auf den dicken alten Mann, der vor einigen Tagen mit seinem jungen Begleiter in der *Endstation* gewesen war. Hotwagner quetschte sich in den für seine Fülle ein bißchen zu engen Geländewagen und machte die Tür zu.

„Sei nicht hysterisch und bleib ruhig. Ich tu' dir schon nichts, Kinderl." Er zündete sich eine Zigarette an und fragte. „Rauchst auch? Magst eine?"

Krystina schüttelte den Kopf und schaute angestrengt weg.

„Ist eh besser", brummte Hotwagner. „Kriegst wenigstens keinen Lungenkrebs." Er grinste schwach. „Höchstens einen, weil dich dein Freund wie einen Tanzbären haut."

Dann legte er ihr väterlich die Hand aufs Knie.

„Schau, wir wissen, daß mit deinem Wirt was nicht stimmt. Er macht Sachen, die verboten sind. Und vielleicht hat er sogar mit Morden was zu tun. Okay, das kann dir wurscht sein. Aber – mit dir stimmt auch was nicht. Du bist schwarz da, bei uns. Verstehst du, was schwarz heißt?"

Krystina nickte und bekam feuchte Augen.

„Wein nicht", brummte Hotwagner. „Mich interessiert nicht, wie du nach Österreich 'kommen bist. Aber ich kann dir helfen, daß du legal dableiben kannst."

Die Polin weinte nun richtig. Krampfhaft und wie ein Kind.

„Hör auf", sagte Hotwagner. „'s bringt dir nichts. Ich hab' schon viel zuviel Tränen gesehen, Kinderl." Und eine Spur schärfer: „Also, paß auf: Du ... Wie lang bist du schon beim Gorilla?"

„Nicht ... sehr lang." Krystina schaute Hotwagner an und schluckte: „Ein ... halbes Jahr. Aber ..."

Hotwagner hob die Hand. „Na, gut. Ein halbes Jahr.

Okay. Sagen wir, es stimmt. Seitdem hilfst in der *Endstation* aus und schläfst mit dem Wirt. Und läßt dich hie und da hauen."

Krystina nickte.

„Na, gut. Ist uns wurscht. Was uns aber nicht wurscht ist . . ."

Er holte die drei Fotos heraus und hielt sie nacheinander vors Gesicht der jungen Frau.

„Du hast die Bilder schon gesehen, aber gesagt, du kennst keinen drauf. Okay, Kinderl. Ich frag' dich aber jetzt wieder: Kennst du wen? Ja oder nein? Denk nach, bevor du was sagst. Jetzt wird es ernst. Lüg nicht, wie dein Freund."

Er hielt ihr das Foto mit Keuschnigg hin. „Kennst den?"

Dann das mit Soucek. „Und den?"

Dann wieder das Gruppenfoto. „Und die?"

Die Polin überlegte und sagte dann leise: „Ich kenn' den." Das war Keuschnigg.

„Und den auch."

Das war Horst Soucek.

Sie kannte auch die anderen auf dem Gruppenbild. Schaute Hotwagner hilflos an, drückte herum und sagte dann sehr leise: „Sie haben gesagt, Sie helfen mir." Und dann eindringlich: „Helfen Sie mir, wenn ich . . ."

Hotwagner nickte. „Ja. Hab' ich gesagt. Mach' ich auch." Dann fragte er: „Was hast sagen wollen? Was kommt nach dem Wenn?"

„Es gibt noch einen Mann", sagte Krystina fast unhörbar. „Er ist alt. Wie Sie. Vor ihm haben alle Angst. Auch der Gorilla."

Hotwagner wartete ab, dann fragte er: „Und? Was ist mit dem?"

„Er ist nicht auf dem Foto. Aber kommt immer

wieder. Er . . . Er hat", sie zeigte auf Keuschnigg und Soucek, „mit denen da geredet. Dann auch geschrien. Mein . . . Der Gorilla war auch dabei."

„Na also", brummte Hotwagner. „Bist brav. Ich werde dir helfen." Und gespannt: „Weißt du, wie der Mann heißt? Wie haben die anderen zu ihm gesagt?"

Krystina schluckte und schaute zur Seite.

Hotwagner nahm ihren Kopf und drehte ihn zu sich. „Sag, wie der heißt! Ich muß das wissen!"

„Er . . . Die anderen haben Kamerad Pichler zu ihm gesagt. Er muß der Chef sein."

„Wie ist er zur *Endstation* gekommen?" fragte Hotwagner. „Mit einem Wagen? Mit welchem?"

„Mit einem Taxi. Manchmal. Und manchmal zu Fuß", sagte die Polin. „Die anderen fürchten sich vor ihm. Er ist ein Kommandant. Sie stehen wie Soldaten, wenn sie mit ihm reden. Und sagen Herr Kamerad Pichler zu ihm. Mehr weiß ich nicht. Bei der Mutter Gottes."

Sie begann wieder haltlos zu weinen.

„Hör auf zu weinen", sagte Hotwagner begütigend. „Jetzt hast es ja hinter dir. Ist ja alles vorbei, Kinderl. Geh, reiß dich zusammen."

„Sag deinem Wirt nichts. Kein Wort." Er gab ihr seine Visitenkarte. „Da hast. Steht die Nummer vom SB und meine private auch drauf. Wenn was ist, ruf mich sofort an und ich komm' und helf' dir."

Er schärfte der Polin nochmals ein: „Du hast nie mit mir unter vier Augen geredet! Nie! Verstanden? Und wennst mich anrufst, mach das nicht von der *Endstation* aus."

Dann quetschte sich Hotwagner aus dem Pajero. „So und jetzt fahr, Kinderl. Kauf ein oder was du halt machen sollst." Er drückte die Autotür zu, grinste und ging zu seinem PKW zurück.

Krystina Adamski blieb ein paar Sekunden bewegungslos sitzen. Dann startete sie und fuhr weg.

Hotwagner griff zu seinem Funkgerät und gab den Kollegen in der *Endstation* durch, daß sie den Gorilla nach einem Kamerad Pichler anspitzen sollten.

„Der Oberstleutnant soll das machen", brummte er. „Und nicht auf die feine Art. Er soll ihm richtig den Arsch aufreißen. Sonst sagt die Frucht nichts. Ich fahr' jetzt in die Direktion, zur Stapo. Vielleicht weiß der Stummberger was über den Pichler."

Die Durchsuchung der *Endstation* hatte um 17 Uhr begonnen.

Und schon zehn Minuten später war der Wirt, einst als Gorilla der Schrecken aller Catcher, so zahm wie ein dressiertes, ganz kleines Äffchen.

Denn die Männer der Mordgruppe 2 waren gleich zu Beginn auf ein gut sortiertes Lager geschmuggelter Ostware gestoßen. Sie hatten zwanzig Kartons mit gepanschtem Wodka gefunden und ein paar hundert Stangen Zigaretten, angeblich original amerikanische, tatsächlich waren sie aber polnischer Herkunft. Die etwa zwei Dutzend tragbaren Elektronikgeräte stammten mit großer Wahrscheinlichkeit aus Ladendiebstählen und Einbrüchen. Und die rund zweihundert Schweizer Uhren, die sie ebenfalls entdeckt hatten, sahen bei genauerem Hinsehen nicht so aus, als ob sie die Aufschrift MADE IN SWITZERLAND zu Recht trugen.

Der Gorilla mit dem Namen Johann Kraus blieb aber trotz aller Niedergeschlagenheit dabei, den Horst Soucek nicht zu kennen. Und auch nie etwas von einer Kampfgruppe *Odoaker* gehört zu haben. Er war so verstört, daß ihm die etwas lange Abwesenheit der Polin nicht auffiel.

Als sie dann kam, versuchte er Stern zu erklären, wer sie war. Aber Stern sagte nur kurz: „Die Frau interessiert mich nicht. Ich bin nicht von der Fremdenpolizei."

Dann kam die Durchsage von Hotwagner, die sich Berger IV. aber in einem Nebenraum anhörte. Er bat seinen Gruppenführer kurz hinaus.

Als die beiden zurückkamen, legte Stern wieder die Fotos vor den Gorilla und wollte Namen wissen. Er schlug verschiedene, von ihm erfundene Namen vor, die der Gorilla nicht kennen konnte.

Dann, nach einigen Stakkatofragen, sagte Stern ganz beiläufig: „Und wer von denen ist eigentlich der Pichler?"

Und der Gorilla, bereits mürbe vor Angst und den prasselnden Fragen, vergaß sich, grinste schwach und brummte. „Der ist ja nirgends drauf."

Stern stieß sofort nach und ging zum Angriff über: „Nein, der ist nicht drauf. Das wissen wir."

„Aber du kennst ihn, was?" fragte Konwalina.

Und Wasenegger sagte: „Logisch, kennt der ihn. Die sind doch dicke Haberer."

Und Berger IV.: „Der kennt den Pichler wie sich selber!"

Er fauchte den Gorilla an: „Sag jetzt, du kennst ihn nicht, und wir nehmen dich so auseinander, daß dich kein Mensch mehr ganz machen kann, hörst!"

Der Gorilla versuchte aus der Falle irgendwie herauszukommen und sagte zu Stern: „Sagen Sie Ihrem jungen Mann, daß ich für ihn noch immer der Herr Kraus bin. Ich . . ."

„Ein Dreck bist du!" schnauzte der Oberstleutnant. „Ein Scheißdreck bist du! Dran bist du, wennst nicht gleich niederlegst! Sag noch einmal, du kennst den Kamerad Pichler nicht – und ich bring' dich wegen Teilnahme an drei Morden, Menschenhandel, Schmuggel und Serieneinbrüchen für fünfundzwanzig Jahre hinter Gitter! Solche wie dich machen wir in einer halben Stunde so fertig, daß sie keine drei Zentimeter mehr groß sind!"

Dann sagte er ganz sanft: „Also, Herr Kraus. Kennen Sie den Kamerad Pichler, oder nicht? Ich höre."

Und, als der Wirt krampfhaft die Augen schloß, wieder ganz direkt und ins Du fallend: „Paß auf, du faule Frucht! Ich geb' dir noch zehn Sekunden Zeit. Wennst dann nicht redest, wird's dir leid tun, daß du auf der Welt bist! Weil bei mir hat noch keiner den Indianer gespielt! Bei mir nicht! Ich kann auch anders! Ganz anders!"

Der Gorilla ließ die massigen Schultern hängen. Sein rotes Gesicht wurde fahl. Er blinzelte Stern an. Dann suchten seine Augen nach einem Ausweg. Es gab aber keinen. Die Falle war zu.

Der riesige Mann hockte schnaufend und zerflossen da. Als er sich eine Zigarette anzünden wollte, zitterten seine Hände so stark, daß ihm Konwalina Feuer geben mußte.

Dann sagte er: „Also . . . Na, gut. Ich hau' den Hut drauf, Chef. Ja, ich kenn' den Pichler."

Und sehr viel lauter, fast schreiend: „Aber ich hab' mit der Umbringerei nichts zu tun! Ich hab' mit nichts was zu tun! Ich bin nur reingekommen! Ohne daß ich wollen hab'! Ich bin nur ein ganz kleiner Schas im Wald."

Dann, fast weinerlich: „Ich bin ja nur ein patscherter Wirt. Ich kann mir die Gäste ja nicht aussuchen!"

Stern nickte. „Also gut. Ich glaub' dir. Du brauchst uns nur sagen, wer der Kamerad Pichler ist und wo wir ihn finden. Dann lassen wir dich in Ruh'."

Der Gorilla stand langsam auf, ging zur Theke und trank gleich aus der Flasche einen Slibowitz.

Dann wandte er sich Stern zu. „Der Pichler ist sowas

wie ein Großer. Er hat in der Neubaugasse gewohnt. Glaub' ich. Sicher weiß ich's nicht, Chef. Seine Telefonnummer hab' ich nie gehabt. Im Telefonbuch steht er nicht. Er . . . Der Soucek hat ihn aber manchmal von da aus angerufen. Aber immer mit dem Körper die Druckknöpfe verdeckt, damit keiner sieht, was für eine Nummer er wählt."

„Aha", sagte Stern. „Den Soucek kennst du jetzt auch ganz genau. Fein."

„Ja. Der wohnt in der . . ."

„Wir wissen, wo der wohnt", sagte Wasenegger. „Dem seine Wohnung haben wir schon auseinandergenommen."

„Ich weiß", sagte der Gorilla. „Aber gefunden habts ihn nicht. Ich hab' mit dem seiner Mutter telefoniert. Er wird . . ."

Er überlegte kurz. „Der Pichler wird, glaub' ich, auch weg sein. Irgendwohin nach Deutschland. Er wohnt ja auch irgendwo dort. Schon lang. Er kommt nur hie und da nach Wien. Damit . . . Weil . . ."

Berger IV. mischte sich ein. „Sag uns alles, was du über den Pichler weißt. Wie schaut er aus?"

„Na – er schaut aus wie . . . Nicht groß. Vielleicht einen Meter siebzig und irgendwas. Hat ein glattes Gesicht und ungute Augen. Er . . ."

Der Gorilla dachte nach und sagte dann: „Am ehesten . . . Er schaut so aus wie der deutsche Schauspieler, der früher einen Kommissar im Fernsehen gespielt hat."

Konwalina winkte ab. „Erzähl uns keinen Schmäh! Ganze Horden von Schauspielern haben einen TV-Kommissar gespielt."

„Ich erzähl' keinen Schmäh!" sagte der Gorilla. „Ich sag' jetzt die Wahrheit, Herr Inspektor. Er . . . Lassen S' mich nachdenken."

Er schaute ins Leere, bewegte die Lippen und sagte dann: „Der Alte. Der mit dem Neger als Inspektor. Aber nicht der jetzige – der von früher. Der, was immer . . ."

„Lowitz", sagte der Oberstleutnant Stern. „Siegfried Lowitz."

Der Gorilla nickte. „Ja. Genau. Lowitz. Und so schaut der Kamerad Pichler aus. Er hat auch fast die gleiche Stimme. Nur die Frisur ist anders. Der Pichler hat ganz kurze Haare. Weiße. Eine Stoppelfrisur. Und . . ." Er dachte nach und brummte: „Sie kommen eh drauf, ist gescheiter, ich sag's gleich. Der Pichler ist früher was beim Bundesheer gewesen. Ein Offizier oder sowas. Aber sie haben ihn rausg'schmissen, weil er ein Nazi ist."

Berger IV. grinste. „Na dann muß der aber ein gewaltiger Nazi sein. Weil die vom Bundesheer sind nicht heikel. Die . . ."

„Laß das, Burli", mahnte Stern. „Das gehört nicht hierher."

Stern wußte, wie es beim Bundesheer zuging. Aber das war nicht das Bier der Mordgruppe 2. Berufssoldaten tendierten immer nach rechts. Viele dachten faschistoid. Waren deswegen aber keine Nazis. Nicht im Sinne des Verbotsgesetzes. Das gleiche Denken gab es ja auch bei Polizei und Gendarmerie. Träger von Gewalt neigten eben zur Gewalt. Das ergab sich mehr oder weniger von selbst. War systemimmanent.

Aber das Problem der Mordgruppe 2 war, Keuschnigg oder Soucek oder beide zu finden. Bisher war die Fahndung nach denen ja ohne Erfolg geblieben. Und die Gruppe mußte auch diesen Kamerad Pichler finden, weil der vielleicht eine Schlüsselfigur bei den Kegelgassenmorden sein konnte. Pichler. Der Kamerad, der wie Siegfried Lowitz ausschaute.

Der Gorilla, die Polin und das Diebs- und Schmuggelgut in der *Endstation* waren nur Randfaktoren.

Stern redete noch kurz mit dem Gorilla und schlug ihm vor, als V-Mann zu arbeiten. So lange, bis man Pichler, Soucek oder Keuschnigg ergriffen hätte. Sollte Kraus dazu bereit sein, würde die Polizei hinsichtlich der Schmuggelware ein Auge zudrücken. Es gab ja das Absorptionsprinzip. Kleine Geschichten wurden von einer größeren aufgesaugt.

Wenig später vermerkte Wasenegger als Ende der Hausdurchsuchung 19.10 Uhr. Das Schmuggel- und Diebsgut wurde im Protokoll nicht erwähnt.

Die Männer der Mordgruppe 2 fuhren ab.

Der Gorilla mit dem Namen Johann Kraus und die Polin Krystina Adamski blieben total verunsichert zurück.

Am späteren Abend kehrte eine bereits angeheiterte Pensionistengruppe in der *Endstation* ein.

Krystina war beim Bedienen so nervös, daß ihr das Tablett voller gefüllter Weingläser zu Boden fiel. Sie wurde vom Gorilla deswegen geohrfeigt.

Denn auch er war nervös. Er hatte Stern hoch und heilig versprochen, jedes persönliche oder telefonische Auftauchen von Kamerad Pichler sofort zu melden.

Jetzt fühlte er sich voll in der Falle. Denn mit diesem Oberstleutnant war offensichtlich nicht zu spaßen. Mit Pichler aber auch nicht. Der Mann war gefährlich. Durch den hatte es ja schon Tote gegeben.

14

Am gleichen Abend berichtete Oberstleutnant Stern in modifizierter Form seinem Hofrat, was die Hausdurchsuchung der *Endstation* gebracht hatte.

Hofrat August Tamandl war im Büro geblieben, um auf seinen Gruppenführer zu warten. Jetzt wußte er, daß diese Überstunden unnötig gewesen waren.

„Ich hab' es mir gleich gedacht, lieber Herr Stern", sagte er süffisant, „daß diese Durchsuchung als Flop enden wird. Denn auch ich bin, wie Hotwagner sich ausdrücken würde, ein alter Hund im Geschäft."

Tamandl lächelte. „In einem Lokal, das *Endstation* heißt, kann allzuleicht auch die *Endstation* für zu hoch und zu weit gespannte Erwartungen sein. Oder die klassische Sackgasse für unüberlegtes Vorgehen, ja."

Stern lächelte nicht zurück, als er sagte: „Es war keine Sackgasse, lieber Herr Hofrat. Überhaupt keine. Denn jetzt kennen wir ja die wahrscheinliche Schlüsselfigur, diesen Kameraden Pichler. Wir haben den Namen von dieser Polin erfahren. Und Kraus hat ihn uns bestätigt. Wir wissen sogar, wie Pichler ausschaut."

Er umriß Person, Hintergrund und Aussehen Pichlers. Dennoch war Tamandl nicht erfreut.

„Mein Gott, Stern! Wieder so eine ungute Figur." Er schluckte. „Und was gedenken Sie jetzt weiter zu unternehmen?"

„Kamerad Pichler zur internationalen Fahndung ausschreiben, Herr Hofrat."

Tamandl stand auf, ging zu seinen Grünpflanzen und sagte, eher zu ihnen als zu Stern: „Schon wieder eine Fahndung ... Wieder über Interpol ... Und noch dazu eine, die eigentlich von der Stapo veranlaßt werden müßte, weil ..."

Er kam wieder zu Stern zurück.

„Rechtsradikalismus ... Ekelhaft, geradezu. Ja. Wirklich, Stern. Bei dieser Fahndung wird es laufende Kompetenzüberschreitungen und Kollisionen geben! Mit der Stapo und dem Bundesheer-Nachrichtendienst, weil dieser Pichler doch angeblich Bundesheerangehöriger war! Und ... Schon wegen eines Fotos von Pichler werden wir uns an den BH-ND wenden müssen und ...“

Stern hob die Hand und sagte ruhig: „Wir haben ein Foto.“ Und trocken: „Ich habe Pichler bereits ausschreiben lassen. Samt Foto. Dazu brauche ich weder Stapo noch Bundesheer, Herr Hofrat.“

Tamandl plumpste auf seinen lederbezogenen Drehsessel. „Sie haben ein ... Ja, woher denn?“

„Vom ORF-Pressebüro“, sagte Stern ruhig. „Wir haben dort noch wen angetroffen. Und der hat uns ein ganz ausgezeichnetes Foto des deutschen Schauspielers Siegfried Lowitz überlassen. Weil der genauso ausschaut!“

Tamandl fühlte wieder eine der ab und zu auftretenden Herzrhythmusstörungen. Der Puls begann zu jagen, und in den Ohren sauste das Blut.

„Mein Gott – Stern! Was ist Ihnen denn da für eine Ungesetzlichkeit eingefallen?! Was, wenn ein Kollege auf die Idee kommt, diesen Schauspieler festzunehmen?“

Stern blieb ruhig. „Der kann sich ja legitimieren! Mir blieb keine andere Möglichkeit, Herr Hofrat.“

Dann verlor auch er die Fassung und sagte zu schnell und vor allem zu laut: „Wir sind nicht in der Polizeischule! Wir haben Mordfälle aufzuklären! Und das tun wir! Die Fahndung nach Pichler läuft. Die Gruppe arbeitet mit Volldampf! Jetzt geht es hopp oder tropp! Alles andere interessiert mich nicht, Herr Hofrat!“

Und ruhiger: „Ich bitte, meinen Ton zu entschuldigen. Auch ich bin Mensch.“ Stern deutete sowas wie Haltungannehmen an. „Übrigens: Hotwagner konferiert jetzt mit Kollegen Stummberger von der Stapo. Wasenegger ist in der Gerichtsmedizin. Es muß dort schon Ergebnisse geben. Konwalina und Berger IV. befragen die uns bekannten *Odoaker*-Leute. Auch ich werde das anschließend machen. Die Gruppe trifft sich irgendwann gegen oder nach Mitternacht wieder im SB. Dann werden wir weitersehen."

Tamandl nickte ergeben. „Machen Sie, was Sie wollen, Herr Oberstleutnant. *Sie* führen die MG 2! Ich danke für Ihren Bericht. Ich höre morgen von Ihnen."

Stern trat ab, und Tamandl nahm sein elektronisches Blutdruckmeßgerät aus dem Schreibtisch.

August Tamandl fühlte, wie sein Herz hämmerte. Er wollte schon das Meßgerät anlegen, überlegte es sich aber anders. Besser, er kannte die momentanen Blutdruckwerte nicht. Er war sowieso schon am Ende seiner Kräfte.

Er packte das Gerät wieder weg, versperrte den Schreibtisch und verließ das Büro. Er schaute nicht einmal liebevoll auf seine Pflanzen, ehe er das Licht abdrehte.

Otto Hotwagner und Karl „Charly" Stummberger saßen einander im winzigen Dienstzimmer Stummbergers gegenüber.

Die Luft im Raum war von Zigarettenrauch geschwängert und kaum zu atmen. Der große Aschenbecher war übervoll. Auf dem Tisch lagen Stapel von Fotos und Notizen. Auch eine Flasche Obstbranntwein stand da. Sie war halb leer. Gläser gab es keine.

„Du hättest gleich zu mir kommen sollen, Otto", sagte Stummberger. „Weil den Pichler kenn' ich so, wie wenn ich ihn selber gemacht hätt'. Der heißt Konrad mit Vornamen. Alt muß er ungefähr sein wie wir zwei."

Er nahm einen Schluck aus der Flasche und bot auch Hotwagner an. „Ist ein guter. Direkt aus dem Waldviertel. Wennst den trinkst, dann darfst eine halbe Stund' danach nicht rauchen, sonst explodierst."

Hotwagner trank. Und Stummberger referierte langsam, damit Hotwagner mitschreiben konnte.

„Der Pichler ist ein alter Nazi. Zweihundertprozentig. Sein Kummer ist, daß er damals zu jung für die SS und den Krieg war und nur, wie wir, beim Deutschen Jungvolk gewesen ist. Das frißt an ihm, deswegen ist er besonders scharf. Er hat, als er alt genug dazu war, wenigstens irgendeine Uniform und eine Puffen wollen. Darum ist er vor dem fünfundfünfziger Jahr, seinerzeit, zur B-Gendarmerie gegangen, die eine Art Ersatz für das von den Alliierten noch verbotene Bundesheer war. Weißt eh. Und auch, daß in der B-Gendarmerie nur Vollkoffer waren, die bei der Polizei und der echten Gendarmerie kein Leiberl 'kriegt haben. Und dann, wie es das Heer hat geben dürfen, ab 1955, war er halt Soldat. Längerdienender, logisch. Er hat auch Offizier werden wollen, ist aber zu teppert dazu gewesen. Aber durch seine lange Dienstzeit hat er's irgendwann doch zum Vizeleutnant gebracht."

Hotwagner nickte, notierte und paffte.

„Geht schon Charly", brummte er. „Ich komm' schon mit. Red nur weiter."

„Also", setzte Stummberger fort. „Beim Heer hat sich der Pichler die ganze Zeit mit alten und neuen Nazis abgegeben. Aber immer mehr oder weniger harmlos. Keine strafrechtlichen Tatbestände. Höchstens Grenzfalldelikte, aber nie eine Anklageerhebung. Aber dann, es muß fünfundsechzig gewesen sein, war er zu weit vorn dran, der Kamerad Pichler. Es hat damals, wirst dich erinnern, diesen Professor an der Hochschule für . . . na irgendwas, ich glaub' Welthandel oder Bodenkultur, gegeben. Taras Borodajkewycz. Und der hat in einer Vorlesung gesagt, daß es keine österreichische Nation gibt, weil die Österreicher zum deutschen Volk gehören. Die österreichische Nation war für ihn nur ein Kniefall vor den Alliierten. Und an unserer Verfassung hat ihn gestört, daß sie von einem Juden stammt. Dann hat es einen Wirbel 'geben. Und eine große Demonstration."

Hotwagner nickte. „Weiß ich. Ich war selber dabei eingesetzt. Damals bin ich noch Uniformierter gewesen. Es hat einen Toten gegeben. Vor dem Hotel Sacher ist ein Kommunist erschlagen worden. Ein gewisser Kirch ..."

„Kirchweger", half Stummberger aus. „Ernst Kirchweger. Ein alter Mann. Von der Österreichischen Widerstandsbewegung. Als unmittelbarer Täter ist damals ein gewisser Kümel oder Kümmel angeklagt worden. Auch verurteilt. Aber nur wegen Notwehrüberschreitung. Hat nur ein paar Monat' gekriegt. Der Kirchweger ist in einer Art Staatsbegräbnis beigesetzt worden, die ganze Regierung und viele tausend Menschen waren dabei ..."

Stummberger grinste Hotwagner an.

„Und jetzt kommt's, Otto. Hör zu. Damals ist auch gegen Konrad Pichler ermittelt worden. Es hat auch eine polizeiliche Anzeige 'geben. Gerichtliche Anklage ist keine draus geworden. Irgendwer hat da die Hand im Spiel gehabt und interveniert. Na ja. Draufhin sind die gerichtlichen Vorerhebungen eingestellt worden. Damals war sowas ja oft. Jedenfalls: Beweisen hat man dem Pichler nichts können – aber er ist einer der Rädelsführer gewesen. War alles Liebe und Waschtrog. Nur ... Aber irgendwann, ich glaub', so Anfang achtzig, hat der Pichler den Bogen überspannt und nicht aufgepaßt. Wir haben ihm Verbindungen zur gewalttätigen rechtsradikalen Szene nachweisen können. Auch in Deutschland. Wehrsportgruppe Hoffmann. Und da hat er die Gruppe *Odoaker* aufgebaut und mit den Deutschen gleichziehen wollen. Fahnen, Waffen und alles. Da war er dann dran. Das Heer hat ihn nimmer halten können und pensionieren müssen. Er hat als Vizeleutnant abgerüstet und ist später nach Deutschland gegangen. Oberfranken, glaub' ich. Von dort dann irgendwohin. Aber die Pension, glaub' ich, kriegt er auf ein Konto in Salzburg oder wo, jedenfalls wird sie immer abgehoben. Man kann das feststellen. Mehr weiß ich nicht."

„Ich dank' dir schön", sagte Hotwagner. „Das ist eh eine Menge. Wir werden den Scheißhund schon kriegen. Irgendwann. Dann raucht's heraus. Jedenfalls werden wir wegen seiner Pension recherchieren."

Auch der Gruppeninspektor Karl Wasenegger erfuhr an diesem Abend Interessantes.

Er redete im Gerichtsmedizinischen Institut mit einem jungen Arzt, der wie Jerry Lewis aussah. Groß, mit stacheligen wirren Haaren und etwas zu großen Kulleraugen, die von einer dickglasigen Brille noch vergrößert wurden.

Aber Dr. Fritz Danzer war kein Komiker. Er hatte sich, wie er sagte, „hineingekniet" und glaubte jetzt zu wissen, wie die dritte Person, deren Leiche noch fehlte, in dem kleinen Zimmer in der Kegelgasse ums Leben gekommen war.

„Diese Person", referierte Dr. Danzer, „ist nach meiner Meinung regelrecht hingerichtet worden. Vieles deutet darauf hin. Die Haar-, Knochen- und Gewebssplitter sprechen eine beredte Sprache. Sie sagen uns, daß diese Person ein junger, blonder Mann gewesen sein muß. Und daß er regelrecht hingerichtet wurde. Der Täter muß knapp hinter seinem Opfer gestanden haben. Mit großer Wahrscheinlichkeit kniete das Opfer am Boden oder befand sich in einer vornübergebeugten Stellung."

Dr. Danzer bombardierte Wasenegger mit lateinischen Bezeichnungen und erklärte dann: „Damit Sie, als Laie, verstehen, Herr Inspektor: Der Täter hat die Waffe am unteren Hinterkopf des Opfers angesetzt. Denn die Schußrichtung muß von dort an in Richtung vordere Schädeldecke verlaufen sein. Die aufgefundenen Proben lassen keinen anderen Schluß zu."

Wasenegger bedankte sich und verließ die Gerichtsmedizin.

Er ging zu seinem in der Sensengasse geparkten Wagen, setzte sich aber noch nicht hinein und versuchte sich den Ablauf des dritten Mordes vorzustellen.

Karl Wasenegger hatte zwar schon an vielen Mordfällen gearbeitet, aber eine derartig blutige Hinrichtung war nicht darunter gewesen. Und er selbst hatte zu seinem Glück noch nie von der Schußwaffe Gebrauch machen müssen.

Der alte Hotwagner hingegen schon. Wasenegger wußte, daß Hotwagner zwei Menschen erschossen hatte. In Notwehr einen Berufseinbrecher und dann noch einen als Leibwächter tätigen Kriminellen, der wegen seiner Brutalität den Spitznahmen *das Vieh* trug. Hotwagner hatte auf *das Vieh* sein ganzes Magazin leergeschossen und zumindest vier tödliche Treffer erzielt. Damals hatte jemand aus der Unterwelt dem Hotwagner anonym eine ziemlich teure Rolex geschickt, und diese Uhr trug der Otto auch heute noch.

Aber er, Karl Wasenegger, hatte noch keinen auf dem Gewissen. Und er konnte es sich nicht vorstellen, wie es war, wenn man einen Menschen niederknien ließ, um ihm dann ein Dumdum-Geschoß in den Schädel zu jagen.

Als Wasenegger ins Sicherheitsbüro zurückkam, waren noch keine Kollegen von der Mordgruppe 2 da.

Aber auf dem Tisch lag ein Telex von der Kripo Regensburg, das besagte, Keuschnigg und Soucek waren von einer Polizeistreife erkannt worden, als sie mit einem gestohlenen PKW mit Bamberger Kennzeichen unterwegs gewesen waren.

Die beiden hatten, schrieben die Kollegen, eine routinemäßige Vekehrskontrolle durchbrochen, waren verfolgt, aber aus den Augen verloren worden. Später hatte eine Streife den in einem Waldweg abgestellten gestohlenen PKW, einen Mercedes 190, sicherstellen können. Die Gesuchten seien aber entkommen.

Wasenegger machte die Kaffeemaschine fertig. Die anderen würden ja bald kommen.

Dabei dachte er, wie schon in der Sensengasse, wieder an Hotwagner. Der hatte über das Fernschreiben aus Hohenems gelacht und geglaubt, der Kollege aus Vorarlberg sei blind gewesen. Aber jetzt schaute das anders aus. Oder hatten sich die deutschen Polizisten auch geirrt?

Wenn aber nicht, wer war dann die dritte, noch verschwundene Leiche im Kegelgassenmord?

Als Hotwagner kam, zeigte ihm Wasenegger das Telex. Aber Hotwagner wischte es nur zur Seite.

„Die Piefke brauchen halt auch einen Blindenhund“, war sein Kommentar. „Keuschnigg und Soucek können nicht gemeinsam gefahren sein.“

„Aha. Und wer“, fragte Wasenegger, „sagt das?“

„Ich, Karl. Ich sag' dir das.“

Etwa eine halbe Stunde später kamen Stern, Konwalina und Berger IV. fast gleichzeitig.

Sie hatten so gut wie nichts. Die meisten waren entweder nicht zu Hause gewesen oder hatten behauptet, einen Kameraden Pichler nicht zu kennen.

Nur einer hatte zugegeben, ihn zu kennen. Er wollte ihn aber seit mindestens einem Jahr nicht mehr gesehen haben. Und hatte angeblich geglaubt, Pichler sei nicht mehr am Leben, weil er beim Begräbnis des SS-Sturmbannführers Walter Reder nicht dabei gewesen war. Pichler, hatte der junge Mann dezidiert gesagt, hätte unbedingt seinem Kameraden Reder die letzte Ehre erwiesen. Denn auch der Wahlspruch der Gruppe *Odoaker* sei „Unsere Ehre heißt Treue“. Daran würde sich jeder halten.

„Ehre . . .“, brummte Hotwagner, während er den Kaffee trank. „Schöne Ehre. Der Reder war ein Mörder, er hat Frauen, alte Männer und Kinder umgeschossen. In Marzabotto. Und so einem gibt dann ein österreichischer Minister auch noch vor dem Fernsehen die Hand.“

Dann fiel Wasenegger das deutsche Telex aus Regensburg ein. Er ließ es im Kreis herumgehen und stellte fest, daß keiner von den anderen an dessen Richtigkeit glaubte.

„Daß Keuschnigg und Soucek in einem Wagen saßen, ist unmöglich“, sagte der Oberstleutnant. „Überleg doch, Karl: Die fehlende Leiche war ein junger Mann, blond und hatte Blutgruppe 0 positiv. Diese Merkmale treffen sowohl auf Keuschnigg als auch auf Soucek zu. Es kann in dem relativ engen Kreis nicht noch einen geben, der die gleichen Merkmale hat. Das ist unwahrscheinlich.“

Wasenegger versuchte es noch einmal: „Aber, Chef – könnte es nicht zufällig . . .“

„Hör auf“, sagte Berger IV. „Verrenn dich nicht in was. Wenn dir erwachsene Leute sagen, das gibt's nicht, dann gibt's es auch nicht.“

Hotwagner nickte. „Eben. Dann gibt's es nicht.“

Er schaute auf seine zerkratzte Rolex und gähnte. „Also, meine Herren . . . Der Kriminaldienst ist ja was Schönes. Aber jetzt geht es auf zwei. Gehen wir nach Haus'. Ein bissl schlafen.“

„Tät' ich auch sagen“, stimmte Robert Konwalina zu. „Jetzt können wir sowieso keine Bäume mehr ausreißen.“

15

Die nächsten Tage verliefen ergebnislos.

Bald würde der Fall Kegelgasse „auf Frist“ gelegt werden und in einem Ordner Hotwagners mit der Aufschrift „Ungel. F.“ landen.

Keuschnigg und Soucek waren nach wie vor verschwunden. Und von Pichler hatte man ja nur die Vermutung, er könnte darin involviert sein. Außerdem war auch er nicht zur Hand.

Die Mordgruppe 2 wußte zwar, daß seine Bundesheerpension auf ein Konto nach Salzburg überwiesen und dort regelmäßig durch Schecks abgehoben wurde. Doch wo der Kamerad Pichler wohnte, war noch unbekannt.

Erst am sechzehnten Tag nach Auffindung der Leichen von Mutter und Tochter Keuschnigg tat sich was.

An diesem Tag machte der arbeitslose Mechaniker Franz Ladner, 36, mit seinen Kindern Dominik, 11, und Rebecca, 10, einen Spaziergang auf der Donauinsel, welche den Donaustrom und die Neue Donau im Raum Wien teilt, wobei die Neue Donau zu einem stehenden Gewässer wurde, das in der warmen Jahreszeit von Badegästen viel besucht wird.

Die drei waren am Nachmittag mit dem Auto auf den Parkplatz bei der Steinspornbrücke gefahren und von dort aus in Richtung Praterspitz und Wehr 2 gegangen. Sie wollten für den Frühlings- Fitmarsch „trainieren“, um die vorgeschriebenen zehn Kilometer zu schaffen und die Wandernadel zu erhalten.

Franz, Dominik und Rebecca Ladner waren flott unterwegs. Es war kühl und leicht windig, und es gab kaum Radfahrer auf der Insel, so daß die drei nebeneinander gehen konnten, ohne angefahren zu werden.

Gegen 14 Uhr waren sie bereits in Höhe des Praterspitzes, an dem der Donaukanal in den Donaustrom mündet. Der Wendepunkt der Wanderung war fast schon erreicht, und die Kinder begannen miteinander zu albern, vom asphaltierten Weg abzuweichen und kreuz und quer über die verdorrte Wiese zu laufen.

Das machte den beiden ungeheuer Spaß, und sie tollten wie junge Hunde umher. Aber plötzlich blieb Rebecca ruckartig stehen und starrte wie gebannt auf eine bestimmte Stelle in der Wiese. Dann trat sie ein paar Schritte zurück und rief mit ängstlicher Stimme: „Du, Papa! Komm her! Da . . .“

Ladner ging mit seinem Sohn zu Rebecca und merkte bald, worauf sie gestarrt hatte.

Es war eine undefinierbare größere Sache, schwarz verkrustet und schaute wie ein menschlicher Fuß aus.

Zehn Sekunden später erkannte Ladner, daß tatsächlich ein Fuß aus der an dieser Stelle graslosen Erde ragte.

Er nahm seine Kinder und ging mit ihnen ziemlich schnell zur Steinspornbrücke zurück. In Höhe des sogenannten Meierei-Spitzes trafen sie auf zwei jugendliche Mountain-bike-Fahrer.

Ladner hielt sie an und berichtete von seinem Fund. Draufhin fuhren die Burschen, so schnell sie konnten, zurück, um von der nächsten Telefonzelle aus die Polizei anzurufen.

Ladner ging mit den Kindern langsam in Richtung Fundstelle zurück.

Um 14.26 Uhr erfuhr die Mordgruppe 2 von dem aus der Erde ragenden Fuß.

Und fünf Minuten später waren Stern, Hotwagner, Wasenegger, Konwalina und Berger IV. bereits in zwei Autos unterwegs. Ihnen folgte der VW-Bus des Erkennungsdienstes. Zur gleichen Zeit machten sich ein paar

Kriminalbeamte des Kommissariats Donaustadt auf den Weg zur Donauinsel. Sie wurden von einem Major geführt.

Von 14.40 Uhr bis in die späten Nachmittagstunden war der um diese Jahreszeit wenig frequentierte Teil der Donauinsel zwischen Praterspitz und Wehr 2 durch weiß-rote Plastikstreifen und Dreieckstafeln mit der Aufschrift HALT! POLIZEI! abgesperrt.

Drei Mann des Erkennungsdienstes legten mit aller gebotenen Vorsicht eine verstümmelte, teilweise angekohlte männliche Leiche frei, Kopf und Hände fehlten. Der Fotograf dokumentierte diese Arbeit phasenweise.

Die Männer der Mordgruppe 2 und die Kriminalbeamten des Kommissariats Donaustadt hatten bereits die Aussage Franz Ladners festgehalten und warteten, bis sie an der Reihe waren. Auch der zuständige Polizeiarzt und der junge Gerichtsmediziner Dr. Fritz Danzer waren da.

Die freigelegte Leiche schaute nicht gut aus. Der Tod des Mannes mußte vor Wochen eingetreten sein.

Die Männer der Mordgruppe 2 waren sich sicher, daß es sich entweder um Dieter Keuschnigg oder Horst Soucek handelte. Wer es tatsächlich war, würde aber erst eine vielleicht langwierige Untersuchung der Gerichtsmediziner erweisen.

„Scheußlich", brummte der Gruppeninspektor Otto Hotwagner. „Wenn es soweit ist, ist der Mensch nur mehr ein Haufen Dreck."

Damit hatte er recht. Denn die Leiche war nicht nur teilweise verwest und angebrannt, sondern auch verstümmelt. Kopf und Hände waren nicht sehr sachgemäß abgetrennt worden. Die Brust war in Höhe der Brustwarzen aufgerissen, man konnte Teile des Brustkorbes sehen. Einige Rippen waren, wie es schien, gebrochen.

Die Leiche hatte nur mehr angekohlte Fetzen von Kleidung und Wäsche am Leib, aber Hotwagner legte trotzdem eine Kleiderkarte an. Vielleicht war mit den ruinierten Stoffresten doch etwas anzufangen.

Der Gerichtsmediziner schickte den Polizeiarzt weg und begann die Leiche vorläufig zu untersuchen. Er hätte das zwar auch in der Gerichtsmedizin tun können. Die meisten Kollegen hätten das getan, weil es dort bequemer war und mehr Hilfsmittel zur Verfügung standen. Aber Dr. Danzer fürchtete, daß auf dem Transport eventuell Spuren verlorengehen könnten.

Dr. Danzer war ein äußerst ehrgeiziger Mann und wollte auch nicht den kleinsten Fehler machen. Diese Leiche war schließlich seine erste „klassische". Teilverwest, angekohlt, verstümmelt. Mit fehlenden Gliedmaßen. Bisher hatte er bei solchen Leichen nur assistiert, aber diese hier gehörte ihm ganz allein.

Er merkte zwar, daß der Major vom Kommissariat Donaustadt bereits recht ungeduldig war und auch der Gruppenführer nervös wurde.

Hotwagner erfaßte die Lage und stärkte ihm den Rücken, indem er, kettenrauchend und wegen seiner kaputten Beinvenen immer wieder die Stellung wechselnd, beruhigend brummte: „Nicht hudeln, Doktor. Nicht antreiben lassen." Er fiel, weil er alt und der Arzt sehr jung war, ins eigentlich nicht statthafte Du. „Laß dir Zeit, Doktor. Tu nur ruhig weiter. Wir können warten." Und mit einem Blick auf den Major: „Wir können alle warten. Wir sind keine Hektiker. Die kann man bei unserem Geschäft nicht brauchen."

Und Dr. Danzer tat ruhig weiter. Er untersuchte die Leiche fast eine Dreiviertelstunde, ehe er sich aufrichtete, die Brille zurechtrückte und sagte: „Ich bin fertig, meine Herren. Die Leiche kann abgeholt und zu uns gebracht werden.

Während Berger IV. zum Auto ging, um den Transportwagen anzufordern, setzte Dr. Danzer, meist zum alten Hotwagner sprechend, fort: „Soviel ich Ihnen bis jetzt sagen kann, handelt es sich hier um einen Mann von noch nicht hohem Lebensalter. Das tatsächliche Alter muß erst im Labor festgestellt werden. Es fehlt zwar leider der Kopf, sodaß wir uns an Schädelnähten und dem Zahnstatus nicht orientieren können. Aber der Rumpf ist ja vollständig vorhanden, wenn man von den Verstümmelungen absieht, die im Grunde unerheblich sind. Die für die Altersbestimmung relevanten Ossifikationsmerkmale werden uns die sternalen Gelenksflächen der Schlüsselbeine liefern, die eine Altersbestimmung plus minus vier Jahre zulassen. Mit wesentlich weiterer Toleranzgrenze, aber doch, kann man das Alter auch durch Bestimmung der Spongiosastruktur an Oberschenkel- beziehungsweise Oberarmkopf eingrenzen. Sie verstehen, meine Herren."

Die Kriminalbeamten schauten mehr oder weniger verständnisvoll drein, waren aber überfordert.

Aber Berger IV., der vom Auto zurückkam und die letzten Sätze des Arztes gehört hatte, nickte und sagte beiläufig: „Natürlich, Herr Doktor. Sicher. Spongiosa ist schwammige poröse Masse im Knochen. Und die sternalen Gelenksflächen haben damit zu tun, wie der Knochen am Brustbein angewachsen ist."

Hotwagner schaute ihn von der Seite an und brummte: „Bravo, Burli. Alle Achtung. Aus dir wird noch einmal ein Offizier, hörst. Von wo weißt denn das alles?"

„Na, aus unserer Zeitung", sagte Berger IV. bescheiden. Aus der „*Öffentlichen Sicherheit*". Und betonte: „Die kriegen wir zwar alle, aber ich les' sie auch."

Hotwagner grinste und schaute den Arzt an. „Stimmt das, was der Bub da sagt?"

Auch Dr. Danzer lächelte. „Ja. Zumindest so ungefähr. Man könnte es so erklären. Ja."

Nun hatte der Gruppenführer Stern eine Frage.

„Was mich interessieren würde, Herr Doktor: Auf welche Art könnten Kopf und Hände der Leiche entfernt worden sein? Können Sie schon jetzt darüber was sagen?"

„Im Grunde, ja. Zumindest, daß diese Teile nicht von einem Fachmann auf diesem Gebiet entfernt wurden. Sie scheinen vom Ausführenden mit unsachgemäßer Gewaltanwendung entfernt worden zu sein. Möglicherweise mit einer Hacke oder einem ähnlichen Gegenstand. Aber bestimmt nach dem Tod des Opfers. Und vor der versuchten Verbrennung des Körpers."

Dr. Danzer überlegte und setzte dann hinzu: „Sicher ist, daß der Ausführende keinerlei anatomische Kenntnisse hatte. Er wäre sonst, auch unter Zeitdruck, anders vorgegangen. Mehr kann ich Ihnen vorläufig reinen Gewissens nicht sagen."

Es dämmerte bereits, als Dr. Danzer die Gummihandschuhe abstreifte und achtlos in die Grube warf, in der die Leiche gelegen hatte.

Während sich alle zur Abfahrt bereit machten, traf der Wagen des Leichentransportes ein, und Dr. Danzer achtete darauf, daß die Leiche in den mit breiten rotweißen Streifen versehenen Stahlsarg nicht geworfen, sondern mit größter Vorsicht hineingelegt wurde.

Als die Polizeiautos bereits stadteinwärts fuhren, flackerte in einiger Entfernung, in Richtung Donaustrom, ein Feuer auf.

„Tschuschen", sagte Konwalina. „Die machen ein Picknick oder was."

Berger IV. grinste: „Oder sie verbrennen einen Toten."

Als er merkte, daß niemand lachte, sagte er leise:

„Na, Entschuldigung. War nicht so gemeint. Ich weiß, daß sowas nicht direkt lustig ist."

Stern nickte. „Gut. Vergessen. Aber mach nie mehr Witze drüber, Burli."

Auf dem Strom fuhren zwei Schubschiffe mit Lastkähnen stromabwärts. Sie waren nur undeutlich zu erkennen.

Stromaufwärts nahte ein hellerleuchtetes Tragflügelboot. „Arschlöcher", stellte Wasenegger fest. „Die waren in Bratislava einkaufen, und sind jetzt angefressen und angesoffen."

In der Ferne waren schon die Konturen der Stadt zu erkennen. Die UNO-City wuchtete wie ein riesiger Steinblock.

Immer schneller dunkelte es.

16

Die Männer der Mordgruppe 2 stellten ihre Autos im Hof des Sicherheitsbüros ab und gingen zu Fuß ins nicht weit entfernte *Polizeiwirtshaus.*

Es gab guten, dick geschnittenen Surbraten mit Erdäpfelsalat und Semmelknödel. Hotwagner bestellte sich gleich einen zweiten Knödel. Als die Kollegen drüber lachten, brummte er: „Brauchts gar nicht so teppert lachen, ihr Lausbuben. Ich hab' stundenlang keinen Bissen im Mund gehabt, hörts."

Und elegisch: „Ihr seids noch junge Spritzer und habts zu Haus' eure Frauen. Aber was hab' denn ich? Niemand. Nur mehr das bisserl Essen. Also."

Die Männer sprachen während des Essens nur über Belangloses wie Fußball, Ausflüge und neue Restaurants oder Heurigenlokale. Über polizeiliche Angelegenheiten wollten sie nicht reden. Denn neben ihrem

Tisch lag auf einer Ablage die *Kronen Zeitung* mit der Schlagzeile: „Polizist schoß drei Kameraden an".

In Salzburg hatte es eine Terrorabwehrübung des mobilen Einsatzkommandos gegeben. Drei Polizisten sollten die Erstürmung eines Raumes trainieren. Sie drangen in einen Keller ein und eröffneten aus ihren Sturmgewehren das Feuer auf die dort verschanzten „Terroristen". Leider hatte einer der drei anstatt Platzpatronen scharfe Munition geladen, so daß es echte Schußverletzungen gab.

Hotwagner griff zur Ablage hinüber und drehte die Zeitung um, damit die Schlagzeile nicht mehr zu lesen war.

„Trotteln", brummte er. „Und solche Koffer sind jetzt bei uns. Super, sowas."

Dann versank er in Nachdenken, stocherte im Essen nur mehr herum und ließ fast den ganzen zweiten appetitlichen Knödel liegen.

Das Ergebnis seines Nachdenkens präsentierte er später, im Dienstzimmer, den anderen.

„Ich bin mir sicher", sagte er, „daß der, den wir ausgegraben haben, der junge Keuschnigg ist."

Wasenegger setzte die Kaffeemaschine in Betrieb und fragte: „Und warum bist du dir sicher, Otto? Es kann ja genausogut der Soucek oder überhaupt wer anderer sein."

Berger IV. mischte sich ein. „Logisch, 's kann auch irgendwer sein. Aber wenn der Otto sagt, es ist der Keuschnigg, dann wird es schon stimmen. Der hat ein Gefühl für sowas."

Oberstleutnant Stern stellte sich zum Fenster und öffnete es. „Rauchts nicht ununterbrochen!" keppelte er. „Da herinnen stinkt es ja wie nach einem Zimmerbrand!"

Natürlich redete er gegen den Wind. Außerdem

rauchte er ja am meisten, Hotwagner ausgenommen.

Stern drehte sich nach seinen Leuten um. „Na gut, Burschen. Unser Otto hat, wie der Burli sagt, ein Gefühl für sowas. Aber Gefühle bringen uns nicht weiter. Wir müssen schon wissen, wer der Tote ist."

Trotzdem war sich Hotwagner sicher, daß es der junge Keuschnigg war. Da fuhr für ihn die Eisenbahn drüber. Dann versuchte er, sein Gefühl zu begründen.

„Punkt eins: Der die zwei Frauen umgeschossen hat, muß ein kalter Hund gewesen sein. Punkt zwei: Der die dritte Leich' in einen Teppich gerollt und wahrscheinlich mitten durch die Leute bei den Hundertwasser-Häusern weggetragen hat, ebenfalls. Und Punkt drei: Der, der die Leich' verstümmelt und Kopf und Hände weggemacht hat, war auch nicht schwach. Kein Mutterl. Sondern detto ein kalter Hund. Aber – ich glaub' nicht, daß der junge Keuschnigg ein kalter Hund gewesen ist."

Und zu Stern: „Einer, der solche Sachen macht, Waldi, liest keine alten Dichter und schreibt auch noch drüber. Dem ist ein *unverzagt Gemüt* wurscht. Der denkt nicht an sowas. Also liegt der Keuschnigg auf der Donauinsel – und der Soucek rennt irgendwo herum."

„Kommt mir plausibel vor", stimmte Konwalina zu.

Wasenegger hantierte mit dem fertigen Kaffee und sagte über die Schulter: „Mir auch, Oberstleutnant."

Stern schloß das Fenster. „Kann alles sein. Kann alles nicht sein. Wissen tun wir vorläufig nichts."

„Aber wir können uns was denken", beharrte Hotwagner und rauchte sich die sechzigste Zigarette an.

„Der Täter ist kalt und denkt. Warum schneidet er der Leiche den Kopf ab? Damit man sie nicht identifizieren kann. Und die Hände? Damit wir uns die Fingerabdrücke schießen können. So einer schreibt keine

Aufsätze. So einer spielt nicht nur Nazi. So einer ist einer. Bedenkenlos. Der bringt um. Fertig. So einer handelt. Führt Befehle aus. Erfüllt, wie er sich denkt, seine Pflicht."

Er drückte die Zigarette wieder aus.

„Und so einer, meine Herren, glaubt, daß seine *Ehre Treue heißt*. Und daß ihm *die Heldenahnen* zuschauen."

Er schaute auf die Uhr und brummte: „Und jetzt geh' ich nach Haus'. Ich bin nimmer jung. Habe die Ehre, Burschen."

„Wir gehen auch", sagte der Gruppenführer Stern. „Machen können wir heut' sowieso nichts mehr."

17

Am nächsten Tag zeigte sich, daß auch der Hofrat August Tamandl nichts für die Gefühle seines Gruppeninspektors Otto Hotwagner übrig hatte.

Das sagte er seinem Oberstleutnant klipp und klar, nachdem er ihn auf das strikte Rauchverbot im Hofratsbüro nochmals ausdrücklich hingewiesen hatte. Denn Tamandl hatte sich im Bundesgarten Belvedere eine besonders schöne und junge Kaffeepflanze besorgt, die äußerster Schonung bedurfte.

„Mit Gefühlen, lieber Herr Stern, fangen wir in unserem Beruf wenig an. Besonders wenn es sich um die des Herrn Hotwagner handelt. Denn die trügen oft."

Er sah, wie Sterns Gesicht abweisend wurde, und fügte hastig hinzu: „Damit will ich Hotwagner, um Gottes Willen, nicht abqualifizieren. Er ist ein verdienter Beamter. Aber zugleich eben ein alter Mann, der . . ." Tamandl schaute liebevoll auf die Kaffeepflanze. „Außerdem . . ."

„Außerdem, Herr Hofrat“, unterbrach ihn Stern, „hat Hotwagner mit seinem Gefühl die Fälle Emsenhuber und Krautmann geklärt.“

Tamandl winkte ab. „Gewiß. Ja. Aber in beiden Fällen kam uns sehr stark der Zufall zu Hilfe. Und gab es Hinweise aus Bekanntenkreisen.“

Stern ließ nicht locker. „Aber den Fall Annemarie Neuspiel hat Hotwagner allein geklärt. Durch sein Gefühl.“

„Zugegeben“, konterte Tamandl. „Aber Sie müssen zugeben, daß . . .“ Er sprach nicht weiter, weil das Telefon auf seinem Schreibtisch tutete.

Tamandl hob ab und meldete sich. Dann sagte er zu Stern: „Für Sie.“

Der Anruf kam von der Berufsfeuerwehr Wien.

Am frühen Vormittag waren drei Männer eines Bautrupps des Bundesstrombauamtes in der Donau, in Ufernähe, zwischen Albern und Hafen Wien bei Inspektionsarbeiten auf einen unter Wasser liegenden, ziemlich großen Gegenstand gestoßen.

Sie hatten draufhin die Feuerwehr verständigt, die mit zwei Fahrzeugen und Tauchern ausrückte. Die Taucher waren unter Wasser gegangen und hatten festgestellt, daß es sich bei dem Gegenstand um einen VW-Bus handelte. In der Folge bargen die Feuerwehrleute mit Hilfe schweren Einsatzgerätes den Bus, schleiften ihn über die Uferböschung und stellte ihn auf dem Treppelweg nieder.

Es handelte sich um einen lichtblauen Bus, dessen Scheiben eingeschlagen waren und der keine Kennzeichentafeln besaß.

Eine halbe Stunde später waren die Mordgruppe 2 und der Erkennungsdienst beim geborgenen Bus.

Und eine weitere halbe Stunde später wußten sie, daß es Horst Souceks Bus war.

Denn im Handschuhfach, in das nur wenig Wasser eingedrungen war, fanden sich die Wagenpapiere sowie Zulassung und Führerschein, die sämtlich auf den Namen Horst Soucek lauteten.

Das war natürlich, wie Bezirksinspektor Robert Konwalina meinte, ein Ur-Hammer. Hundertprozentiger war noch nie ein Kraftfahrzeug identifiziert worden. Fahrgestell- und Motornummer stimmten exakt mit denen in den Papieren überein.

Oberstleutnant Stern schaute Hotwagner an. „Mir scheint, Otto, dein gestriges Gefühl war daneben. Gestern finden wir einen Toten, von dem du sicher bist, es ist der Keuschnigg. Und heut' finden wir das Auto vom Soucek."

„Schaut also irgendwie so aus, als hätte der Keuschnigg zuerst den Soucek mit dessen Auto auf die Insel gebracht und vergraben. Und dann das Auto versenkt", sagte Wasenegger.

„Ja . . .", brummte Hotwagner. „Ausschauen tut's so. Aber's gefällt mir nicht, Karli. Irgendwie ist das alles zu einfach. Ich glaub' eher, daß uns der Soucek eine Rutsche gelegt hat."

Auch Berger IV. kam der Autofund nicht koscher vor. „Mir ist das auch zu einfach. Der Tote und sein Auto. Schaut ein bissl nach Fernsehkrimi aus. Damit nur ja jeder mitkriegt, was gespielt wird."

„Und ich glaub' . . .", sagte Konwalina, wurde aber von Stern unterbrochen.

„Nicht glaub' du auch noch etwas! Das bringt nichts!"

Stern drehte eine Runde um den VW-Bus und entschied dann: „Wir halten uns an die Fakten. Und hören auf, jeder Ahnungen und Gefühle zu haben, meine Herren. Wir sind keine Wahrsager, sondern Polizisten."

Stern ging zu den EKD-Leuten und sagte, der Bus

gehöre jetzt ihnen. Und die ließen ihn auf die Roßauer Lände transportieren und machten sich an die Arbeit.

Vier Stunden später hatte der EKD festgestellt, daß es im Inneren des VW-Busses trotz des eingedrungenen Wassers und der damit verbundenen Unreinheiten noch immer massenhaft rot-blaue Wollfasern gab. Diese Fasern waren teilweise blutdurchtränkt und mit denen aus dem kleineren Zimmer der Kegelgassenwohnung ident. Es waren auch Gewebsteile und Knochensplitterchen festgestellt worden, die ebenfalls denen aus der Kegelgasse glichen.

Was bedeutete, daß die dritte Leiche, egal, um wen es sich handelte, mit dem blauen VW-Bus auf die Donauinsel gebracht worden war.

Jetzt blieb der junge Gerichtsmediziner, Dr. Danzer, die einzige Hoffnung der Mordgruppe 2.

Nur er konnte die Identität der Leiche feststellen.

18

Am nächsten Tag ging Gruppeninspektor Wasenegger einer plötzlich aufgetauchten Spur in einem noch immer ungeklärten Mordfall nach, die sich aber als Niete erwies.

Robert Konwalina faxte und telefonierte mit allen möglichen österreichischen, tschechischen und ungarischen Polizei- und Gendarmeriedienststellen, weil immerhin die vage Hoffnung bestand, die fehlenden Teile der Donauinsel-Leiche könnten vom Täter in die Donau geworfen worden sein. Und durch einen Zufall irgendwo angeschwemmt oder von einem Fischer aufgefischt worden sein. Oder . . .

Und „Burli" Berger IV. fiel die undankbare Arbeit zu, alle bisher vorliegenden Fakten, Aussagen und Vermutungen zu *kollationieren* und auf der unverwüstlichen alten Triumph rein zu schreiben.

Oberstleutnant Stern und der alte Gruppeninspektor Hotwagner fuhren in die Sensengasse, um mit dem Gerichtsmediziner zu reden.

Dr. Fritz Danzer war bereits hochaktiv gewesen. Er hungerte nach einem Erfolgserlebnis, hatte mehr als zwanzig Stunden an der dritten Leiche gearbeitet und, wie er sagte, gravierende und wesentliche Fakten sicherstellen können.

Er führte die beiden Kriminalbeamten in einen kleinen Obduktionsraum und zeigte ihnen beinahe stolz „seine“ mehrfach aufgeschnittene Leiche, die auf einem Steintisch lag.

Während Dr. Danzer gute Laune ausstrahlte, fühlten sich Stern und Hotwagner nicht wohl. Sie hatten zwar schon viele unschöne Leichen gesehen, aber noch keine, die derart menschenunähnlich aussah.

Die beiden zündeten sich sofort Zigaretten an, während Dr. Danzer animiert zu dozieren begann. „Wie Sie sehen, meine Herren, war ich gründlich am Werk. Und, wie ich sagen darf, mit gutem Erfolg. Es war zwar nicht ganz einfach, unangreifbare Fakten sicherzustellen, aber – nun ja, sie sind da.“

Dr. Danzer streifte Gummihandschuhe über, zog den geöffneten Brustkorb der Leiche etwas auseinander und sagte: „Sie sehen, der Täter hat mehrfach versucht, den leblosen Körper zu zerlegen.“

Er wies auf einige Stellen des Brustfleisches. „Es ist aber nicht gelungen, weil er offensichtlich Laie war.“

Stern und Hotwagner konnten außer den ungleichen Verbrennungen der Haut und des Fleisches nichts erkennen, nickten aber.

„Gut“, sagte Dr. Danzer und setzte fort: „Soviel also zu den stümperhaften Bemühungen des Täters.“ Er griff seitwärts, in den Bereich der freigelegten Oberarmknochen.

„Sehen Sie jetzt hierher: Die Epiphysenlinien am Humerus sind schön und vollständig geschlossen. Das sagt uns, daß dieser Mensch mit Sicherheit zwanzig Jahre oder mehr gewesen sein muß."

„Alles schön und gut, Doktor", brummte Hotwagner. „Anständige Arbeit. Super. Nur fangen wir damit nicht viel an. Weil sowohl Keuschnigg wie Soucek waren oder sind über zwanzig. Wir hätten eine genauere Abgrenzung gebraucht, altersmäßig."

„Übrigens", fiel dem Oberstleutnant ein, „wenn Sie uns sagen, die Leiche hat keinen Blinddarm mehr, so wissen wir das auch. Aber es nützt uns kaum was. Denn sowohl Keuschnigg wie Soucek haben keinen mehr. Das haben wir ermitteln können."

Dr. Danzer lächelte. „Dann lassen Sie mich auf das Alter", er schaute auf die Leiche, „von dem da näher eingehen. Sie wollten doch eine exakte Bestimmung. Also – dazu kann ich Ihnen sagen: Aufgrund der Untersuchung der sternalen Gelenksflächen der Schlüsselbeine habe ich mit absoluter Sicherheit feststellen können, daß dieser Mensch keinesfalls älter als fünfundzwanzig Jahre gewesen ist. Eher jünger. Aber sicher älter als achtzehn. Wenn vielleicht auch nicht viel. Das haben ich und mein Kollege Dr. Szilagy, den ich sicherheitshalber zugezogen habe, eindeutig verifiziert."

Hotwagner grinste und sagte zufrieden: „Doktor, du bist eine Kanon'. Du hast hundertprozentig was drauf. Alle Achtung."

Auch Stern war beeindruckt, wenn er das auch nicht so wie der alte Hotwagner zeigte.

„Dann liegt also das vor uns, was vom Keuschnigg übriggeblieben ist, Herr Doktor." Er schaute Hotwagner an. „Du hast recht gehabt, Otto."

Hotwagner nickte nur. Er hatte ja von Anfang an gewußt, daß dieser Fleischhaufen nur Keuschnigg sein konnte. Logisch. Und jetzt hatte ihm der junge Doktor bestätigt, daß das stimmte.

Keinesfalls älter als fünfundzwanzig. Aber älter als achtzehn. Das war es also gewesen. Denn Soucek war sechsundzwanzig. Er hatte noch Kopf und Hände und lief irgendwo frei herum.

Stern und Hotwagner bedankten sich bei Dr. Danzer und baten um einen schriftlichen Bericht.

Dann verließen sie das Gerichtsmedizinische Institut und gingen durch die Sensengasse in Richtung Währinger Straße. Als sie zu ihrem Golf kamen, steckte unter einem Scheibenwischer eine Strafverfügung. Sie hatten in einem Halteverbot geparkt.

„Arschlöcher", stellte Hotwagner fest und entfernte die Strafverfügung. Während er sie zusammenknüllte und unter das nächste Auto warf, brummte er: „Die ganze Unterwelt weiß, daß wir einen weißen Golf unter unseren Dienstwagen haben. Kennt die Nummer. Aber die Pfeifenstierer vom Koat 9 kennen weder das Auto noch die Nummer. Sie sehen auch 's Blaulicht nicht, was am Rücksitz liegt. Sie hauen halt einen Käszettel untern Scheibenwischer."

Ein paar Häuser weiter gab es ein China-Restaurant.

„Da könnten wir was essen", schlug Stern vor. Aber Hotwagner war nicht begeistert.

„Bei einem Chineser", brummte er, „hauens' angeblich Hund' und Katzen ins Essen. Ich tät lieber in ein unsriges Beisl gehen."

Sie aßen trotzdem Chinesisch. Das Essen war gut. Sie aßen Hühnerfleisch mit Gemüse und einem Berg Reis. Darauf hatte Hotwagner bestanden, weil man unter Hühnerfleisch kaum eins von Hunden oder Katzen mischen konnte.

Als sie aus dem Restaurant kamen, sagte Hotwagner: „Ich geh' bald wieder zu einem Chineser. Die sind eh okay. Und billiger wie unsere Wirten auch. 's Hendl war gut. Überhaupt alles war gut. Und . . ."

„Eben", unterbrach ihn Stern. „Aber vorher hast geglaubt, du kriegst einen Hund oder was. Und nicht reingehen wollen."

Hotwagner paffte genüßlich und grinste. „Irren kann sich jeder, Waldi. In kleinen Sachen, die nicht wichtig sind."

Er wurde ernst. „In großen irr' ich mich aber selten. Darum hab' ich, wie wir auf der Donauinsel gestanden sind, gleich gewußt, daß da jetzt der Keuschnigg-Bub aus'graben wird."

Eine halbe Stunde später rapportierte Gruppenführer Stern seinem Hofrat.

„Hotwagner hat recht gehabt, Herr Hofrat. Auf der Donauinsel ist Dieter Keuschnigg ausgegraben worden. Das wird im gerichtsmedizinischen Obduktionsbefund nachzulesen sein. Soucek hat Dieter Keuschnigg und dessen Mutter und Schwester ermordet. Und Dieter zur Donauinsel gebracht. Mit seinem VW-Bus. Den er dann in der Donau hat verschwinden lassen."

Stern blieb ernst, aber seine Augen lachten, als er abschließend sagte: „Soucek glaubt, er hat die Gescheitheit mit dem Löffel gefressen. Das glauben ja manche Leute. Aber beim alten Hotwagner, dem pensionsreifen Trottel, laufen sie auf. Fast immer. So ist das, Herr Hofrat."

August Tamandl sagte wie beiläufig: „Eben. Eben, lieber Oberstleutnant. Genau."

Er schien Sterns letzte Worte nicht oder eben nur beiläufig mitbekommen zu haben. Ging zu seinem Beserlpark und schaute auf die Kaffeepflanze, die einen kränklichen Eindruck machte.

„Sie fühlt sich nicht wohl", sagte er. „Aber der Gärtner hat mich ja gewarnt. Kaffeepflanzen brauchen viel . . ."

August Tamandl drehte sich abrupt zu Stern um. Und es zeigte sich, daß ihn dessen letzte Bemerkung doch getroffen hatte. „Der Gruppeninspektor Hotwagner arbeitet mit Intuition. Gewiß." Und fast triumphierend: „Aber wo sich der Horst Soucek jetzt aufhält, weiß auch er nicht, lieber Stern. Oder?"

Stern sagte nichts drauf. Ein Hofrat hatte, wenn es darauf ankam, immer recht. Auch wenn er ein rechthaberischer, uneinsichtiger, voll bornierter Typ war. Gegen ihn blieb ein alter Gruppeninspektor wie der Otto ein Niemand, der höchstens ab und zu recht haben konnte. So war das halt.

Als der Oberstleutnant wieder mit Hotwagner zusammentraf, war der schon rührig gewesen.

„Ich hab'", sagte der, „ein bisserl was gemacht. Der Burli und der Robert faxen schon wie die Wilden herum. Und ich hab' mit unserem Interpolchef in der Direktion telefoniert. Alles läuft. Die Fahndung nach Dieter Keuschnigg ist abgeblasen. Und die nach dem Soucek hab' ich korrigieren lassen. Weil der wird jetzt mit falschen Papieren unterwegs sein. Den Führerschein haben wir ja in seinem Auto gefunden. Und mit seinem echten Paß wird er sich auf nichts einlassen. Er ist ja kein Volltrottel."

Stern nickte zustimmend. „Gut, Otto."

„Ich hab' drauf hinweisen lassen", setzte Hotwagner fort, „daß die Kollegen jetzt nur mehr nach dem Foto gehen können. Und daß sie auf die lichten stechenden Augen und die schiefe Nase achten sollen. Die zwei Sachen bleiben, auch wenn er sich einen Bart wachsen läßt. Besonders der Blick bleibt. Der ändert sich bei einem erwachsenen Menschen ja erst im Greisenalter."

19

Der erste Erfolg der Interpol-Fahndung zeichnete sich noch am selben Nachmittag ab. Er bezog sich allerdings nicht auf Horst Soucek.

Um 17.20 Uhr traf im Sicherheitsbüro ein Telex ein. Es stammte von einer deutschen Dienststelle, der Kripo Wunsiedel. Und befaßte sich mit der Person des Kameraden Pichler. Es war ungewöhnlich lang und ziemlich genau.

Der oder die Aufenthalte des ausgeschriebenen österreichischen Staatsbürgers Konrad Pichler, 59, Vizeleutnant im Ruhestand, ledig, ohne religiöses Bekenntnis, lagen alle im Großraum Franken.

Pichler war im März 1966 in die Bundesrepublik eingereist und hatte bis 1969 in der Kleinstadt Zwiesel gewohnt, die zum Gebiet des Bayerischen Waldes gehörte. Er hatte dort aber Schwierigkeiten bekommen und sich zu sehr mit kriminellen rechtsradikalen Personen eingelassen, die zu einer mittlerweile vom Verfassungsschutz aufgelösten *Kampfgruppe Kowalski* gehörten. Deren Führer, Armin Kowalski, hatte einen Totschlag und zwei Mordversuche begangen, aus rein politischen Motiven. Seine Mittäter konnten nicht identifiziert werden, aber Konrad Pichler war involviert gewesen, wenn das auch nicht bewiesen werden konnte. Es hatte aber genügt, daß „hiefür zuständige behördliche Stellen“ Pichler dringend empfohlen hatten, entweder die Bundesrepublik zu verlassen oder zumindest den Aufenthaltsort zu wechseln. Es gab im Bereich der Kleinstadt Zwiesel genügend einheimische Rechtsradikale, man brauchte nicht auch noch Leute aus Österreich.

Draufhin war Pichler ins oberfränkische Hof, im Fichtelgebirge, verzogen, das ziemlich nahe an der

Grenze zur damaligen Ostzone bzw. DDR und nicht weit vom damaligen Karl Marx Stadt, jetzt wieder Chemnitz, liegt.

In Hof war Pichler eine Zeitlang inaktiv gewesen, hatte das Leben eines Pensionisten geführt. Dann hatte er aber versucht, mit Neonazis in Karl Marx Stadt in Verbindung zu kommen, war einige Male hingefahren, dabei aber in eine Razzia der Staatssicherheit geraten, inhaftiert und dann kurzerhand nach Österreich abgeschoben worden. Das war Ende 1971 gewesen.

Im Jahr 1972 war Konrad Pichler wieder in die Bundesrepublik eingereist und hatte in Wunsiedel dauernden Aufenthalt genommen. Zuerst in einer Pension für Dauermieter, dann, 1976, als Eigentümer eines Reihenhauses am Stadtrand von Wunsiedel. Dieses bewohnte er noch.

In Wunsiedel hatte sich Pichler „wohl verhalten", weder Kontakte mit Rechtsradikalen gehabt noch sich an den Aktivitäten der Republikanischen Partei beteiligt, die beide in Wunsiedel sehr rührig gewesen waren. Er schien weder in Kripo- noch in Verfassungsschutz-Berichten auf.

Konrad Pichler wohnte allerdings nie länger als zwei bis drei Monate in seinem Reihenhaus. Er unternahm zwischendurch immer wieder Reisen, die zwischen drei und vier Wochen dauerten. Wohin ihn diese Reisen führten, konnte nicht ermittelt werden. Zweifelsfrei konnte dagegen festgestellt werden, daß er sich für diese Reisen stets seines PKWs bediente. Derzeit fuhr Pichler einen VW-Golf Turbo Diesel. Das Fahrzeug war indianrot-metallic lackiert und hatte das deutsche Kennzeichen WUN AB 32.

Konrad Pichler war zur Zeit wieder auf Reise. Er hatte Wunsiedel, laut Angaben von Nachbarn, vor drei oder vier Tagen verlassen.

Und noch etwas schrieben die deutschen Kollegen: Pichler hatte jetzt nur mehr eine sehr vage Ähnlichkeit mit dem deutschen Schauspieler Lowitz. Er war bereits voll weißhaarig, trug das Haar sehr kurz geschnitten. Und einer seiner Mundwinkel war, möglicherweise nach einem Schlaganfall oder einer Verletzung, auffällig verzogen.

Die Deutschen hatten auch noch eine Fleißaufgabe gemacht und ein Konterfei gebastelt und gefaxt, auf dem Pichler so abgebildet war, wie er jetzt aussah.

Gruppenführer Stern schickte der Kripo Wunsiedel ein Dankeschön und sagte zu seinen Leuten: „Da könnts sehen, wie man richtig arbeitet, Burschen! Die Kollegen aus Wunsiedel sind Spitze. Sogar das Foto haben sie überarbeitet."

„Ja . . . Ja . . .", brummte Berger IV. „Die Herren Deutschen. Die sind halt immer besser wie der Rest der Welt. Pech für uns."

Und Hotwagner ergänzte: „Richtig. Piefke bleibt Piefke. Die sind noch viel genauer wie genau."

Auch Konwalina hatte was zu raunzen. „Na, genau . . . Wahrscheinlich haben die Burschen keine andere Arbeit, darum . . ."

Er schaute verächtlich und fragte als eingefleischter Großstädter: „Wunsiedel? Kennt das wer von euch? Ist das überhaupt eine Stadt?"

„Jeder kennt Wunsiedel", sagte Stern. Und trocken: „Außer dir, natürlich. Wunsiedel ist doch die Stadt Jean Pauls."

„Von wem?" fragte Hotwagner.

„Von Jean Paul", erklärte Berger IV. „War ein deutscher Dichter. Voriges Jahrhundert. Hat eine Menge geschrieben."

Hotwagner schnaufte und sagte ungeheuer geringschätzig: „Schon wieder ein Dichter. Erst der Gryphius.

Jetzt der Jean Paul. Na ja." Er zündete sich eine Zigarette an, griff nach dem von den Deutschen korrigierten Foto und brummte: „Ihr könnts über Dichter reden. Ihr seids ja gescheite Leut. Ich mach' derweil was mit dem Foto."

Und zu Berger IV. „Geh, Burli. Bis ich retour bin, kannst einen Kaffee machen, hörst."

Dann schleppte er sein Übergewicht aus dem Dienstzimmer.

Wasenegger grinste. „Jetzt wird der Otto ein paar hundert Bildln vom Pichler machen lassen und den Fotoleuten am Arsch gehen."

Als Hotwagner zurückkam, hatten die anderen ihren Kaffee schon getrunken.

„Na", fragte Wasenegger, „wieviel Bildln hast denn machen lassen, Otto?"

Hotwagner trank einen Schluck Kaffee und brummte: „Fast kalt. Hab' ich mir eh denkt, daß . . ." Dann zu Wasenegger: „Drei Dutzend. Das wird genügen."

„Ja", sagte der Oberstleutnant. „Wir werden uns um die Verteilung kümmern, Otto. Du und der Berger IV., ihr könnt zur *Endstation* fahren und mit dem Wirt reden. Der Pichler ist ja unterwegs. Er wird wahrscheinlich auch nach Wien kommen. Ich hoffe es zumindest."

Hotwagner nickte. „Ist gut, Chef. Der Kamerad wird bestimmt zum Gorilla kommen. Und dann schnappen wir ihn – oder sperren den Gorilla ein, bis er schwarz wird, wenn er uns legen will."

Dann zeigte er mit einem seiner Wurstfinger auf Berger IV. „Kannst gleich deine Frau anrufen, Burli. Gruß von mir. Und sag, du kommst heut' später. Deine Frau soll nicht mit dem Essen warten. Und im Fernsehen ist, glaub' ich, eh was Schönes. Sie soll es sich anschauen. Für dich wird's später werden. Also."

Berger IV. ging zum Telefonieren wieder in einen Nebenraum. Seine Frau würde wieder laut werden. So laut, daß man genau mithören konnte, was sie sagte. Das ging die Kollegen aber nichts an.

20

Als Hotwagner und Berger IV. zur *Endstation* kamen, war es schon dunkel. Und es regnete stark. Um diese Zeit und bei diesem Wetter war kein Mensch mehr im Wienerwald.

Während sich Hotwagner aus dem Auto quetschte, spürte er, daß ihm die Käsekrainer und die zwei Brote, die er sich an einem Stand auf der Hernalser Hauptstraße, in der Nähe des Sportclubplatzes, gegönnt hatte, schwer im Magen lagen.

Er fühlte sich ein bißchen wie der Wolf, dem die Mutter der sieben Geißlein Steine in den Magen genäht hatte.

Berger IV. war weniger mit sich beschäftigt. Er schaute sich um uns sagte: „Du, Otto! Die Hunde sind weg."

Es gab zwar noch die starken Drahtkäfige, aber die Pit-Bullterrier waren nicht mehr zu sehen.

In der *Endstation* gab es keine Gäste. Nur der Wirt hockte an einem der Tische. Als die zwei Beamten eintraten, hob er schwerfällig den Kopf, und sie merkten an seinen blutunterlaufenen Augen, daß er wahrscheinlich betrunken war.

„Servus", brummte Hotwagner. „Bist du schon ganz zu, oder kann man mit dir reden?" Und dann: „Gib mir ein Mineralwasser. Ein großes. Mir ist nicht gut, im Magen."

Der Gorilla stand auf, hielt sich sekundenlang am Tisch fest und schwankte zur Theke.

Er nahm eine Flasche Mineralwasser, öffnete sie und stellte sie hin. „Da. Sauf. 's geht aufs Haus."

Hotwagner trank, rülpste und fragte dann: „Bist allein?" Und als der Gorilla nickte: „Wo ist denn deine Polin?"

Und Berger IV.: „Wo sind denn die Hunde?"

Der Gorilla glotzte ihn an. „Fort. Ich hab' keine Hund' mehr. Die Hundsviecher sind mir am Arsch gegangen."

Dann antwortete er Hotwagner: „Die Krystina ist auch weg. Und überhaupt, frag mich nicht nach der Schlampe. Die ist davon und hat mich sitzenlassen, die Drecksau."

Er machte eine Flasche Bier auf und trank sie aus.

„Alle Polen gehören weggeräumt. Die Männer sind arbeitsscheue Hund'. Und die Weiber Huren. Und die Krystina . . ."

„Moment!" unterbrach Hotwagner. „Wieso ist die weg? Hast du sie wieder gehaut? Zuviel?"

„Nichts hab' ich", sagte der Gorilla mit schwerem Zungenschlag. „Sie ist nur davon. Vorige Woche. Da hab' ich einen Weg gehabt.

Und wie ich zurückkomm', war sie nimmer da. Und 's Geld aus der Kassa auch. Und ihr bisserl Wäsche und die paar Kleider und Schuh' waren weg. Und einer von meine Koffer. Alles hat die Hur' mitgenommen."

Er steigerte sich in sinnlose Wut. „Aber wenn ich die derwisch', spielt's Granada! Dann raucht's heraus, wie bei einem Dampfer! Dann kann s' das Kreuz machen, die Drecksau!"

Der Gorilla schmiß die leere Bierflasche gegen die Wand und tobte weiter: „Vor mir haben, wie ich noch 'kämpft hab', ganz andere in die Hose geschissen, vor Angst. Und . . . Aber diese Drecksau wartet, bis ich weg bin, packt dann ihre Sachen und mein Geld und haut sich über die Häuser. Glaubt, sowas geht bei mir hinein und ich laß das auf sich beruhen. Aber ..."

Hotwagner hob die Hand und sagte ganz ruhig: „Halt jetzt die Goschen! Wir haben schon genug gehört."

Er zündete sich eine Zigarette an, ging zum Wirt und sagte, noch ruhiger als vorher: „Sag nichts. Ich will nachdenken."

Hotwagner schaute auf Berger IV. „Du, Burli – kommt dir das nicht auch ein bisserl komisch vor?"

„Was meinst denn, Otto?"

„Na alles in dieser Kegelgassengeschicht'. In der gibt's lauter so Zufälligkeiten. Da kommt mir vor, daß uns Hölzeln geworfen werden. Zum Apportieren. Aber damit wir dem falschen Apportel nachrennen ..."

Berger IV. verstand nicht. „Was für Apportel denn?"

„Na", brummte Hotwagner, „dann paß einmal auf. Wir finden einen Toten, ohne Kopf und Hände. Aber damit wir trotzdem wissen, wer es sein soll, gleich in der Näh' sein Auto mit allen Papieren. Und dann haben wir eine Zeugin, die den Kamerad Pichler kennt. Und wahrscheinlich sogar weiß, was er in der *Endstation* gemacht hat. Was er dem Gorilla gesagt hat und was dem Soucek. Kommst mit?"

Und als Berger IV. nickte: „Aber dann ist auf einmal diese wichtige Zeugin verschwunden. Angeblich davongelaufen oder was. Aber jedenfalls weg. Und der Typ da spielt uns ein schweres Burgtheater vor."

Hotwagner trat ganz nah zum Gorilla und stieß ihm den Zeigefinger in den Bauch. „Aber, Alter, – kann es nicht sein, daß du, nur so, zum Beispiel, die junge Frau umgebracht hast, damit sie nimmer reden kann? Und uns erzählst, sie ist davongerannt? Dabei liegt sie, in Wirklichkeit, irgendwo da, im großen Wienerwald, in einer Grube drin? Und kann jetzt, außer per Zufall, nicht gefunden werden?"

Er packte den Gorilla beim Hosenbund und zog ihn ganz dicht an sich heran. „Paß auf, Alter! Wennst du uns nicht beweisen kannst, daß ich unrecht hab' oder das Mädel taucht nicht oder nur mehr tot auf, dann hast du deinen letzten Dreck geschissen. Dann bist dran bei mir und landest im Häfen, wennst Glück hast. Wenn aber Pech, mach' ich dir ein paar mordstrumm Löcher und sag', es war Notwehr. Hast mich verstanden?"

„Ja!" keuchte der Gorilla. „Ja! Eh klar! Aber ich kann ja nur sagen, was wirklich war, Inspektor! Ich schwör' es! Bei meinen Augen!"

Hotwagner ließ ihn los.

„'s Schwören kannst dir für die Gerichtsverhandlung sparen, wennst nicht vorher unerwartet und plötzlich . . . Eh schon wissen."

Der Gorilla begann zu schlottern, sagte aber nichts.

Hotwagner schlug einen anderen Ton an und brummte: „Na vorläufig glaub' ich dir. Und mein Kollege auch."

Dann: „Wir brauchen ein Foto von der Polin."

„Ich hab' keins", stotterte der Wirt. „Zumindest kein direktes. Auf dem, was ich hab', ist sie nackert."

„Das ist uns wurscht", sagte Berger IV. „Wir brauchen eh nur 's Gesicht. Das können wir herauskopieren." Er grinste. „Oder sieht man auf dem Bild überhaupt kein Gesicht, sondern nur die anderen Sachen?"

Der Gorilla setzte sich in Bewegung. „Nein. 's Gesicht ist eh auch drauf. Ich hol' das Bild gleich."

„Geh mit ihm, Burli", sagte Hotwagner. „Und halt dich dabei an deiner Ruger an. Und wenn der Gorilla einen Haken macht, schieß."

Der Wirt und Berger IV. gingen hinaus und kamen nach kaum zwei Minuten zurück. Berger hatte dabei die Hand am Kolben der Waffe.

Hotwagner nahm dem Gorilla das Foto aus der Hand und schaute es an. Die junge Polin war recht hübsch und ein bißchen üppig. Sie versuchte ein verführerisches Lächeln und hatte geschminkte Brustwarzen.

„Okay", sagte Hotwagner. „Du kannst es zurückhaben, wenn wir's nimmer brauchen. Wir lassen nur 's Gesicht vervielfältigen. Die Tutteln interessieren uns nicht."

Er stieß seinen Zeigefinger wieder gegen den Wirt. Und während er das Foto einsteckte, sagte er: „Wir sind aber wegen was anderem gekommen, Alter. Der Kamerad Pichler ist, hören wir, unterwegs ..."

Und scharf: „Oder war er schon da? Wie die Polin noch am Leben war?!"

„Nein!" schrie der Gorilla beinahe. „Nein! Er war nicht da! Wenn er dagewesen wär', hätt' ich euch doch sofort verständigt! Wenn der auftaucht, ruf' ich doch auf der Stelle das Sicherheitsbüro an! Momentan!"

„Das wird auch gut sein", sagte Hotwagner. „Aber vergiß es nicht."

Als Otto Hotwagner und Franz Berger IV. ins Sicherheitsbüro zurückkamen, saßen zwei Mann der Mordgruppe 1 im Bereitschaftszimmer und schauten sich die Fernsehnachrichten ZiB 2 an. Es war kurz nach 22 Uhr.

Von der Mordgruppe 2 war keiner mehr da. Auch das Fotolabor hatte gesperrt. Sie mußten die Fahndungsfotos für Krystina Adamski morgen machen lassen.

Hotwagner und Berger IV. gingen ins Dienstzimmer ihrer Gruppe, um sich noch einen Kaffee zu kochen.

Morgen würde es wieder mit Volldampf losgehen. Die Polin mußte so bald wie möglich gefunden werden. Das war vorrangig. Im Fall Kegelgasse gab es schon genug Personen, die gesucht und nicht gefunden wurden. Oder bereits tot waren.

21

Am Morgen ging Oberstleutnant Stern zum Hofrat und informierte ihn über die Fahndung nach Krystina Adamski.

August Tamandl, der für den späteren Vormittag einen routinemäßigen Vortragstermin beim Wiener Polizeipräsidenten hatte, war nicht erfreut. Er wußte jetzt schon, daß er sich allerhand würde anhören müssen.

Tamandl meldete sich gegen halb elf Uhr bei seinem Präsidenten, um über die Arbeit der ihm unterstellten Mordgruppen zu referieren. Dabei verbreitete er sich zunächst über die Erfolge der Gruppen 1 und 3.

Die Einser hatte nach relativ kurzer Zeit die Geisterbahngeschichte im Wurstelprater abschließen können und den Schaustellergehilfen Alfred „Hupferl" Zvonicek als Täter entlarvt. Er hatte den Schaustellergehilfen Peter „Sir" Schrammer durch drei aus nächster Nähe abgefeuerte Schüsse aus einer Pumpgun getötet und war in Haft.

Und die Dreier hatte nach nur vierzehn Stunden den Mord an dem Unterstandslosen Fritz Lindenthal geklärt. Täter war der gleichfalls unterstandslose Martin Wild, der gewußt hatte, daß Lindenthal zweihundert Schilling besaß. Weil Lindenthal um diesen Betrag aber keinen Alkohol kaufen wollte, war er von Wild in einem leeren Frachtwaggon auf dem Gelände des Nordwestbahnhofes erschlagen worden. Tatwaffe war ein Ziegelstein gewesen. Wild war festgenommen worden und saß ebenfalls bereits ein.

Das nahm der Polizeipräsident eher zerstreut zur Kenntnis. Denn seine Gedanken waren anderswo.

Der Präsident war erst gestern wieder vom ORF angeschossen worden, weil die Kämpfe zwischen einheimischen Skinheads und Ausländerbanden immer mehr eskalierten. Und sie spielten sich leider Gottes auch an Plätzen ab, die, wie Innenstadt oder Wurstelprater, sehr stark von ausländischen Touristen frequentiert wurden.

Zwar waren die Hauptarenen zwei Fußballplätze von Wiener Großclubs und dann noch die Bezirke Favoriten, Fünfhaus-Rudolfsheim und Ottakring, aber diese Geschichten schwappten langsam über.

Es wurde allerdings noch nicht, wie in Deutschland, dabei geschossen, sondern nur mit Messern, Schlagringen, asiatischen Wurfsternen und Baseballschlägern gekämpft, und es hatte bisher auch noch keine Toten gegeben. Aber trotzdem waren diese Vorfälle unangenehm, weil sie von der Presse und einer politischen Partei aufgebauscht wurden. Es gab ja bereits ein Plakat WIEN DARF NICHT CHIKAGO WERDEN, was auch nicht gerade als Aushängeschild für den Fremdenverkehr betrachtet werden konnte.

Über die Arbeit der Mordgruppe 2 an der Aufklärung der Kegelgassenmorde sprach Tamandl nur in groben Zügen.

Er stellte, was die Wahrheit war, diesen Fall als „äußerst kompliziert und vielschichtig" dar, sprach von „wahrscheinlich baldigster Klärung", mußte aber doch zugeben, daß diese Klärung nicht gerade zügig voranging.

Nach dem Rapport fuhr der Hofrat nicht gleich ins Sicherheitsbüro zurück, sondern machte den Umweg über das am Landstraßer Gürtel liegende Schloß Belvedere, um sich mit den dortigen Bundesgärtnern wegen der unlängst gekauften Kaffeepflanze zu beraten. Denn diese schien ihm irgendwie krank, vielleicht auch nur falsch gepflegt zu sein, weil sie im Grunde nur dahinvegetierte.

Als Tamandl Ecke Prinz-Eugen-Straße und Landstraßer Gürtel vor einer roten Ampel warten mußte, glaubte er seinen Gruppeninspektor Wasenegger zu erkennen, der eben im schräg gegenüber liegenden Südbahnhof verschwand. Wahrscheinlich, um mit dem Foto dieser dubiosen Polin die Runde zu machen und herumlungernde Ausländer nach ihr zu befragen. Was sinnlos war. Denn entweder waren diese Leute Banditen, die über die Polizei bloß lachten. Oder zwar gutwillig, aber nicht in der Lage, die deutsche Sprache zu verstehen.

Hofrat August Tamandl war zwar kein Ausländerhasser, aber auch kein Freund von ihnen.

Es gab natürlich auch einige Gute unter dem Gesindel. Wie zum Beispiel diese Fatimah, die seiner Frau zweimal wöchentlich im Haushalt half. Die war sogar eine hochanständige Person. Aber die meisten anderen dieser Türken, Jugos, Polen, Tschechen, Ungarn und so weiter, waren entweder kriminell oder standen kurz davor, es zu werden. Nix verstehen. Nix wissen. Nix gemacht. Im Grunde Abschaum, der abgeschoben gehörte. Aber derlei durfte man als Beamter und Hofrat natürlich nicht laut sagen, sondern nur ganz für sich denken. Sonst wurde man sofort als regierungsfeindlich oder Nazi oder Unmensch kategorisiert und bei der nächsten Ordensverleihung glatt übergangen.

Die Ampel sprang auf Grün, und Tamandl fuhr weiter.

Er hielt diese neuerliche Fahndung nach der Polin für nicht zielführend. Dieses Flittchen würde nämlich gar nichts wissen. Ein Mann wie dieser ehemalige Vizeleutnant Pichler würde doch nicht so dumm sein, sie an seinen Gesprächen teilnehmen zu lassen.

Im Grunde war diese Fahndung wieder nur eine der obsessiven Marotten des Gruppeninspektors Hotwagner. Nur in seinen Augen war diese junge Frau wichtig. Und es war ihm wieder gelungen, seinen Gruppenführer davon zu überzeugen, daß das stimmte. Und der Oberstleutnant Stern war ihm, wie immer, wieder hineingefallen und deckte jetzt diese sinnlose Lauferei von Kriminalbeamten, die Wichtigeres zu tun gehabt hätten, als nach einer Frau zu suchen, die, wenn überhaupt, lediglich eine Randfigur war.

Bis in die späten Abendstunden war der Ermittlungserfolg der Mordgruppe 2 gleich Null. Keiner der vielen Befragten kannte das Gesicht der jungen Frau oder den Namen Krystina Adamski.

Stern, Wasenegger und Konwalina erfuhren überhaupt nichts.

Auch Hotwagner trieb erfolglos kreuz und quer durch die Ausländerszene Wiens. Er erhielt zwar von Schwarzarbeitsvermittlern den einen oder anderen vagen Hinweis und die Zusicherung, man werde, immer um ein gutes Verhältnis zur Polizei bemüht, die Augen offenhalten. Das war aber auch schon alles.

Es war der „Burli“, Berger IV., der fündig wurde.

Er lief alle Gassen rund um das Ramschladenviertel Mexikoplatz ab und befragte ein paar hundert Geschäftsleute, Ausländer und Einheimische, aß in einem kleinen türkischen Gasthaus fettigen Döner-Kebab, hatte dabei den Einfall, sich auch an der Anlegestelle Reichsbrücke, dem Hafen Wien, in Albern und überhaupt an den im Verlauf des Donaustroms befindlichen anderen Anlegestellen umzusehen.

Berger IV. besuchte auch das Wachzimmer des Polizeilichen Donaudienstes und stieß dabei auf einen Hinweis, der zu Krystina Adamski führte. Dabei hatte er, wie Hotwagner später meinte, „wie ein hundertprozentig blindes Hendl, das trotzdem ein fettes Körndl gefunden hat", geradezu unglaubliches Glück.

Denn im Wachzimmer wurde eben ein festgenommener ungarischer Matrose zur Überstellung ins Kommissariat fertiggemacht; er war von einem Kollegen des Diebstahls beschuldigt und schließlich auch überführt worden, weil sich der Camcorder, um den es ging, noch in seinem Besitz befand.

Auch ihm zeigte Berger IV. das Foto der Adamski. Und der Matrose, dem entweder bereits alles egal war oder der sich vielleicht auch an seinem Anzeiger rächen wollte, sagte sofort, daß er gesehen hatte, wie diese Frau gestern an Bord des ungarischen Schubschiffes „Ady" gegangen war. Es handelte sich um das Schiff, auf dem der bestohlene Kollege als Steuermann beschäftigt war.

Zwei Stunden später wurde Krystina Adamski im Dienstzimmer der Mordgruppe 2, einvernommen.

Sie gab an, aus Furcht vor dem brutalen Wirt der *Endstation*, aber mehr noch vor einer möglichen Einbindung in die Sache mit Kamerad Pichler und den Morden in der Kegelgasse, geflohen zu sein. Sie gab auch zu, einige hundert Schilling aus der Kassa der *Endstation* mitgenommen zu haben.

Die Adamski sagte weiter, sie wisse, daß der Kamerad Pichler eigentlich irgendwo in Deutschland wohnen müsse, weil der Gorilla einmal im Rausch darüber gesprochen hatte.

Nach ihrer Flucht aus der *Endstation* sei sie völlig kopflos gewesen, habe große Angst davor gehabt, als illegal eingereiste Ausländerin irgendwann aufgegriffen und in ihre Heimat Polen abgeschoben zu werden. Aus dem Grund sei sie zum Mexikoplatz gefahren, weil es dort viele Landsleute und andere Ausländer gebe, die ihr vielleicht helfen würden.

Das sei aber nicht der Fall gewesen. Sie habe deshalb einige Nächte in einer leeren Bahnwärterhütte der Donauuferbahn verbracht, sei dann in einem Pratergasthaus auf den ungarischen Matrosen namens Lajos gestoßen, der sie an Bord des Schubschiffes „Ady“ gebracht und ihr versprochen hatte, sie bis nach Deutschland mitzunehmen, wo sie sich als Asylantin habe melden wollen.

„So“, sagte der Oberstleutnant Stern, nachdem die Polin eine Niederschrift unterschrieben hatte. „Jetzt geht uns die Sache nichts mehr an. Wir übergeben die Frau der Fremdenpolizei, und damit hat es sich.“

„Nein, Chef“, sagte Hotwagner mit einiger Schärfe. „Für mich hat sich die Sache nicht. Ich hab' der Frau versprochen, daß ich mich um sie kümmere, wenn was ist. Und: Ohne sie wären wir nie auf den Kamerad Pichler gekommen. Vergiß das nicht.“

Auch Konwalina und Berger IV. waren dieser Meinung.

Und Wasenegger meinte: „Na wenn der Otto sagt, er wird sich um die Frau kümmern, dann soll er's machen.“

Hotwagner nickte. „Genau. Und ich mach's auch. Die Frau soll einmal sagen können, daß sie zumindest einem Menschen unter lauter Wienern begegnet ist.“

Er ging zur Adamski, legte ihr die Hand auf die Schulter und brummte: „Der Hotwagner paßt auf dich auf, Kinderl. Brauchst keine Angst mehr haben.“

Und zu den anderen sagte er: „Heut' soll sie hier in einer Zelle schlafen. Und morgen früh geh' ich mit ihr zum Dr. Sedlak, ins Innenministerium. Der wird das mit anständigen Papieren machen. Er ist mir noch eine Gefälligkeit schuldig, seit . . . Na, ist ja wurscht. Jedenfalls weiß er, daß bei mir eine Hand die andere wäscht. Und dann verschaff' ich ihr eine Arbeit, wo sie auch wohnen kann. Ich kenn' da einen Wirt, der ..."

Er grinste. „Der ist mir nämlich auch noch was schuldig."

Gruppenführer Stern war zwar nicht ausdrücklich dagegen. Aber Freude hatte er auch keine damit.

„Daß du immer so halb linke Sachen machen mußt, Otto. Sowas ist doch Steinzeit. Eine Hand wäscht die andere, und eine Gefälligkeit hier, ein Augenzudrücken dort."

Otto Hotwagner grinste breit. „Kann schon sein, Waldi. Ich komm' ja auch aus der Steinzeit. Wie ich schon Polizist war, seids ihr noch in die Schule gegangen, oder nicht einmal das. 's ist halt meine Methode. Also was soll's."

Hotwagner schrieb eine Pro-forma-Einweisung in Polizeihaft und ging mit der Polin zum Zellentrakt.

Er war noch nicht zurück, als ein Fernschreiben vom Grenzübergang Hegyeshalom – Nickelsdorf eintraf.

Mit größter Wahrscheinlichkeit, hieß es, habe der zur Fahndung ausgeschriebene indianrot-metallicfarbene VW-Golf mit dem deutschen Kennzeichen WUN AB 32 vor zwei Tagen, aus Hegyeshalom kommend, die österreichische Grenze passiert.

Das behauptete jedenfalls der Finanz-Oberkontrollor Stefan Medics, der vor einer halben Stunde seinen Dienst angetreten und das Fahndungsregister durchgesehen hatte.

Als in der obengenannten Zeit der Wagen mit WUN-Kennzeichen die Grenze passiert hatte, sei er noch nicht ausgeschrieben gewesen, so daß kein Grund für eine Anhaltung gewesen war.

Der FA-Obk. Medics sei aber sicher, daß das Fahrzeug von einem älteren oder alten, jedenfalls weißhaarigen Mann mit Brille gefahren worden war.

Das hieß, daß der Kamerad Pichler bereits im Lande war. Vielleicht sogar schon in der *Endstation*.

Wasenegger jagte sofort eine innerstaatliche Fahndung nach dem indianrot-metallicfarbenen Golf an alle Dienststellen.

Und Oberstleutnant Stern rief den Gorilla an.

Der schwor aber, „bei seinem Augenlicht", der Kamerad Pichler sei noch nicht aufgetaucht. Aber in der Sekunde, in der er sich zeigen sollte, würde er, der Gorilla, im Sicherheitsbüro anrufen.

Daraufhin ordnete Stern an, daß von jetzt an das Telefon der Gruppe rund um die Uhr besetzt sein mußte.

Und Hotwagner meldete sich für den ersten Nachtdienst, weil ihm, wie er sagte, eigentlich wurscht war, ob er zu Haus' oder im Sicherheitsbüro schlief.

„Ich geh' mir was kaufen", sagte er. „Ich muß ja essen und rauchen. Auch, wenn ich nur auf dem Klappbett schlaf'."

22

Der Gruppeninspektor verbrachte im Dienstzimmer einen relativ gemütlichen Abend.

Er hatte ausgiebig gegessen und zwei Bier getrunken, und dazu die bereits bei Kolporteuren erhältlichen Zeitungen vom nächsten Tag gelesen.

Gegen 22 Uhr legte er sich auf das Klappbett, rauchte noch zwei Zigaretten und schlief dann ein.

Um 22.40 Uhr tutete das Telefon. Hell, gellend und ungut.

Hotwagner wälzte sich vom Klappbett, ging zum

Telefon, hob ab und meldete sich. Er fühlte sich müde und schläfrig.

Drei Sekunden später war er aber hellwach.

„Ich hab' gesagt, ich ruf' sofort an!" kam die Stimme des Gorillas aus dem Hörer. „Und ich ruf' jetzt an, Inspektor! Aber ich tu es gar nicht gern, weil . . ."

Die Stimme brach ab. Hotwagner hörte das aufgeregte Schnaufen des anderen und sagte: „Red! Sag, was zu sagen ist. Nicht, ob du gern anrufst oder nicht. Also, was gibt's?"

„Der Kamerad Pichler hat sich gemeldet. Vor vielleicht fünf oder zehn Minuten. Ich weiß nicht. Bin noch ganz durcheinander. Ich hab' ja noch nie einen denunziert, bei der Polizei. Ich . . ."

„Du denunzierst auch jetzt keinen!" unterbrach ihn Hotwagner. „Der Pichler ist ein Verbrecher. Also – red jetzt! Was war mit dem Pichler?!"

Der Gorilla schnaufte wieder.

„Zusammengeschissen hat er mich. Voll angefressen war er. Weil ich . . . Irgendwie hat er erfahren, daß sich die deutsche Polizei nach ihm erkundigt hat. Suchen tun sie ihn, sagt er. Er weiß es. Und er hat mich im Verdacht, daß ich der Polizei einen Zund gegeben hab'. Ein Verräterschwein bin ich, sagt er. Und gefragt, ob ich eine Lust hab', daß ich den Dieter Keuschnigg besuch'."

Hotwagner hörte den Gorilla schnaufen, dann ein leises Glucksen. Wahrscheinlich mußte er sich Mut antrinken, ehe er weitersprach. „Red weiter, Arschloch!" sagte er. „Ansaufen kannst dich später auch!"

„Ich red' eh, Inspektor. Ich red' ja! Erledigt bin ich ja so oder so. Entweder macht mich der Pichler fertig oder die Kieberei."

„Sei nicht teppert, Gorilla", sagte Hotwagner so beruhigend wie möglich. „Dreh nicht durch. Die Kieberei will dir nur helfen, hörst! Und den Pichler kannst vergessen. Wenn wir den haben, ist er aus dem Verkehr. Ich garantier' dir das!"

Der Gorilla sprach nicht gleich weiter, sagte dann aber doch: „Der Pichler muß mit mir reden, sagt er. Aber sofort, weil was stinkt. Und ich hab' drauf gesagt, Herr Kamerad Pichler, von mir aus stinkt nichts. Bei meinen Augen! Die Kieberei war zwar bei mir – aber ich hab' keinen Mucks gemacht! Ich, hab' ich gesagt, kenn' keinen Pichler nicht und niemand! Weil ich bin . . ."

Der Gorilla redete immer schneller und leiser, fast unhörbar. Eigentlich wisperte er nur heiser.

„Morgen müssen wir uns unbedingt treffen. Ich und der Pichler. Sofort. Das ist ein Befehl! Und wer eine Befehlsverweigerung macht, dem geht es wie dem Keuschnigg und anderen, die . . . Morgen, Inspektor! Um Punkt elf will sich der Pichler mit mir treffen – vor dem Haas-Haus am Stephansplatz! Ich soll links beim Eingang stehen und mir die Auslagen anschauen. Und warten, bis er kommt. Er hat jetzt aber, sagt er, eine Brille auf, mit dunklen Gläsern. Und . . ."

Die Stimme des Gorillas sank zu einem Flüstern herab. „Und wenn ich komm', hat er gesagt, dann geh' ich wieder weg. Auf den Graben. Und du folgst mir. Wir gehen in die Habsburgergasse und reden dort. Sei ordentlich angezogen. Komm nicht in Jeans oder solchen amerikanischen Fetzen. Anzug, Mantel und Hut. Du sollst ein Herr sein. Merk dir das. Und: Ich werd' auch einen Hut tragen. Einen englischen. Kariert. Du kommst, Kamerad Kraus. Und wenn du mich an die Polizei verpfeifst, bist du dran! Ich werde bewaffnet sein und sofort schießen. Auf dich zuerst, Kraus! Und dann hat er aufgelegt. Was soll ich machen, Chef?"

„Nichts", brummte Hotwagner. „Ruhig bleiben und

hingehen. Um elf vor dem Haas-Haus gestellt sein. Und alles genau so machen, wie es dir der Pichler angeschafft hat. Schön anziehen. Die Pappen halten. Unauffällig bleiben. Und ihm nachgehen. Was rund um dich vorgeht, nicht zur Kenntnis nehmen. Wenn du mich oder meine Kollegen siehst, kümmere dich nicht drum. Du kennst uns nicht. Glotz nicht herum wie abgestochen. Sei nur da. Alles andere machen dann schon wir. Und – trink nichts! Sauf dich nicht an!"

Hotwagner wurde beinahe väterlich. „Sag dir: Ich bin der Gorilla. Und der andere ist nur ein alter Nazi-Scheißer. Der ist zwar noch da, aber in Wirklichkeit gibt's ihn nimmer. Bleib cool! Wir wissen schon, was wir machen! Dir wird nichts passieren. Ich versprech' dir das."

Nach diesem Telefonat war es auch um Sterns bereits eingeleitete schöne Zweisamkeit mit seiner Frau vorbei.

Dabei wäre es ein harmonischer Abend gewesen.

Als der Oberstleutnant nach Hause gekommen war, hatte ihn seine Frau mit kaltem Huhn, Salat und einer Flasche guten Weins erwartet. Und die Kinder waren bei der Schwiegermutter, würden dort auch übernachten. Es standen brennende Kerzen auf dem hübsch gedeckten Tisch, und die Frau hatte sich schöngemacht.

Sie hatten gegessen, dabei einander in die Augen geschaut und an das gleiche gedacht. Es war genau so, wie es das Kamasutra empfahl. Und nach dem Essen waren sie ins Schlafzimmer gegangen und hatten begonnen, einander langsam auszuziehen.

Als sie ins Bett gehen wollten, hatte das Telefon mit seinem penetrant aufdringlichen Düdeldüdelütt die Stimmung zerrissen.

Stern hob innerlich fluchend ab und meldete sich.

„Grüß dich", hörte er die heisere Stimme Hotwagners. „Ich stör' nicht gern. Aber ich hab' was Wichtiges, Waldi. Hör zu: Du mußt jetzt eine Entscheidung treffen. Du bist der Chef. Unsere Geschichte wird jetzt heiß."

Dann berichtete Hotwagner vom morgigen Treffen zwischen dem Gorilla und dem Kameraden Pichler.

Als er das Wesentliche erzählt hatte, setzte er hinzu: „Nur, warum sich der Pichler ausgerechnet am Stephansplatz treffen will, ist mir schleierhaft. Dort ist er für uns ja wie auf dem Präsentierteller."

„Ich weiß es", sagte Stern. „Er will sich dort treffen, weil die zwei in den vielen Menschen, die tagsüber dort herumrennen, untergehn, Otto. Und von dort kann der Pichler auch leicht verschwinden. In die unübersichtliche dunkle Kirche, zur U-Bahn, in ein Geschäft voller Leute . . . Oder er taucht in einer Touristengruppe unter. Daran wird er denken, weil er dem Gorilla mißtraut. Und glaubt, die *Endstation* wird observiert."

Stern strich seiner Frau über die Hüfte, gab ihr einen Kuß und sagte leise: „Tut mir leid, Liebling. Ehrlich." Und lauter zu Hotwagner: „Ruf die anderen an, Otto. Und dann komm zu mir. Wir müssen uns für morgen besprechen. Ich wart' auf dich."

Zwanzig Minuten später drückte Hotwagner bereits auf den Knopf über dem Schildchen STERN der Gegensprechanlage.

Als es leise knackte, brummte er: „Ich bin's, Waldi. Hotwagner."

Das Haustor sprang leise knackend auf, und Hotwagner ging, wegen seiner schmerzenden Venen leicht hinkend, zum Aufzug.

Als er nach oben kam, wartete Stern bereits auf ihn.

„Komm nur", sagte er. „Meine Frau und ich, wir freuen uns."

23

Am nächsten Tag rief Hotwagner den Gorilla um fünf Uhr früh in der *Endstation* an.

„Jetzt hör mir gut zu, Gorilla", sagte er. „Damitst keinen Fehler machst. Ich sag' dir jetzt, was sich heut' abspielen wird. Und das kommt vom Oberstleutnant und dem Hofrat. An das kannst dich halten. Über das fahrt, wenn es drauf ankommt, die Eisenbahn drüber. Also: Du nimmst erstens keine Waffe mit! Weil wir passen auf dich auf. Und zweitens, und das ist jetzt wichtig: Du ziehst dich an, wie der Pichler wollen hat, und fährst von deiner Hütte mit dem Auto zur Endstation der Straßenbahnlinie 43, fährst mit dem 43er in Richtung Gürtel, dann mit der U 6 bis Längenfeldgasse, dort steigst in die U 4 um, fährst bis Karlsplatz, steigst wieder um und fährst mit der U 1 zum Stephansplatz. Das ist ein bissl kompliziert, du sollst aber dem Pichler zeigen, der dich vielleicht überwachen läßt, daß du kurz vorm Ausflippen bist."

Hotwagner schärfte dem Gorilla auch ein, sich in den U-Bahn-Stationen immer zur Wand und nicht zu nahe zu den Gleisen zu stellen. Zu einem Waggon sollte er erst gehen, wenn der Zug stand. Er würde zwar bewacht werden, aber man konnte ja nie wissen. Die Nazis waren schließlich gefährlich.

Auf dem Stephansplatz sollte der Gorilla dann zum Haas-Haus gehen und, wie verlangt, auf Pichler warten. Und dem dann entweder folgen oder neben ihm gehen. Wie Pichler es eben verlangte. Auf keinen Fall sollte der Gorilla herumglotzen oder sich so aufführen, wie es die Leute in den TV-Krimis machten. Er sollte auch nicht reagieren, wenn er ein bekanntes Gesicht oder Hotwagner selbst unter den Passanten oder in einer Touristengruppen sah.

Hotwagner ließ sich alles wiederholen und sagte abschließend: „Noch was. Paß genau auf, hörst! Hör zu! Ich hab' nur jetzt die Gelegenheit, daß ich dir das sag'! Ihr werdets angehalten werden. Irgendwo. Entweder einzeln oder zusammen, wie es sich ergibt. Wehr dich nicht. Auf keinen Fall! Sei so überrascht, daß du dich widerstandslos festnehmen läßt. Du wirst *geschlossen* werden, aber das spielt keine Rolle. Von dir wollen wir nichts. Jedenfalls sagst du, entweder bei der Festnahme oder erst im SB, wie sich das ergibt, daß du den Pichler nicht kennst. Du weißt überhaupt nicht, wer der ist. Und kannst auch niemand auf den Fotos erkennen, die wir dir vielleicht in Gegenwart Pichlers vorlegen. Weißt auch nicht, wer Keuschnigg und Soucek ist. Hast auch nie von den *Odoakern* gehört. Sag nur auf alles nein und laß uns reden. Kann sein, daß wir dich ein bissl einsperren. Kümmer dich nicht drum. Wir lassen dich ja wieder heraus. Jedenfalls: Der Pichler muß unbedingt sicher sein, daß du ihn nicht an uns verraten hast. Also, mach, was ich dir sag', und halt dich gut. Servus. Wir sehen uns. Ende."

Der Vormittag lief wie geplant ab.

Es war ein bewölkter, aber windstiller Tag. Es würde möglicherweise irgendwann zu regnen beginnen, aber keinesfalls so stark, daß der Treff gefährdet war.

Um 8 Uhr hatte die Mordgruppe 2 eine Einsatzbesprechung, an der auch der Hofrat August Tamandl teilnahm.

Tamandl hielt diese Aktion für so wichtig, daß er ihr unbedingt vorstehen wollte. Er würde dabei sogar seine Waffe, eine winzige 6.35mm-Pistole, tragen.

Er hatte sogar versuchsweise angeregt, auch die Staatspolizei und den Bundesheer-Nachrichtendienst in die Aktion einzubinden, aber von seinem Oberstleutnant Stern eine Abfuhr erhalten. Auch die anderen

Beamten der Mordgruppe 2 hatten sofort widersprochen. Und einige, wie Hotwagner und Wasenegger, sogar in fast rüder, jedenfalls äußerst unfreundlicher Art und Weise. Der eine hatte diese Kollegen als Trotteln, der andere als G'schaftlhuber bezeichnet. Draufhin hatte er, Tamandl, seine Anregung wieder zurückgezogen.

Konwalina und Berger IV. wurden zur Überwachung des Gorillas eingeteilt. Sie nahmen einen PKW, den sie in Hernals stehenlassen und irgendwann, nach Abschluß der Aktion, zurückholen würden. Ab Hernals sollten sie, wie der Gorilla, mit der Linie 43 fahren.

Als die beiden unterwegs waren, rief Tamandl das Kommissariat Innere Stadt an und sprach mit dem Stadthauptmann, gleichfalls einem Hofrat. Die Kollegen der Inneren Stadt sollten von der Aktion zwar wissen, sie aber möglichst negieren. Auf dem Stephansplatz durfte es keine Auffälligkeiten geben. Nur die üblichen zwei oder drei Uniformierten. Aber die durften sich keineswegs um die Leute aus dem Sicherheitsbüro kümmern. Auch etwaige Kriminalbeamtenstreifen sollten genau das tun, was sie immer taten. Vorrangig war größte Diskretion und Zurückhaltung.

Um 9.30 Uhr fuhren Tamandl, Stern, Hotwagner und Wasenegger in drei Wagen zur Innenstadt und parkten in absoluten Halteverbotszonen, weil keine anderen Plätze frei waren. Sie legten aber, um ein mögliches Abschleppen zu verhindertn, ihre Visitkarten auf die Armaturenbretter. Dann gingen sie zu Fuß weiter.

Der Stephansplatz war trotz des leichten Nieselns voll mit Menschen. Touristen aus Japan und Italien überwogen. Es gab aber auch haufenweise Leute aus den ehemaligen Oststaaten, die an ihren prallen Plastiktragtaschen und den miesen Schuhen leicht zu erkennen waren. Auch das stadtbekannte Original

WALULISO, ein alter, in eine weiße Toga gehüllter Mann, war da und schwenkte seine Tafel mit der Friedenstaube und der Aufschrift FRIEDEN ALLEN! Er wurde pausenlos fotografiert.

Beim Abgang zur U-Bahn standen zwei junge Uniformierte. Sie rauchten, ließen ihr Walkie-talkie quaken und versuchten, mühsam radebrechend, mit zwei jungen Amerikanerinnen zu scherzen.

Hofrat Tamandl schaute stechend wie Nick Knatterton und glaubte, ausgezeichnet einen Touristen zu imitieren. Er nahm sogar einen kleinen Fotoapparat aus der Tasche und begann, um echt zu wirken, irgendwas zu fotografieren.

Wasenegger stellte sich zu einer der Steinbänke gegenüber dem Dom und behielt U-Bahn-Aufgang und Haas-Haus im Auge. Er wirkte, in seinem zehn Jahre alten Parka und der zerdrückten Sportkappe, wie einer der vielen uninteressanten Typen, die die Innenstadt bevölkerten.

Stern und Hotwagner redeten kurz miteinander. Dann nickte Stern und ging in Richtung Graben, während Hotwagner sich quer über den Platz wuchtete und zu den in der Schulerstraße, seitlich des Doms wartenden Fiakergespannen strebte.

Er hatte die Idee, daß es nicht schlecht sein würde, für den Fall der Fälle mit den Kutschern zu reden. Es konnte ja sein, daß der Pichler aus irgendeinem Grund wegkam und in Richtung Schulerstraße davonrannte. Deshalb sollten die Kutscher ein Auge auf jeden älteren Mann haben, der unter Umständen an ihnen vorbeirannte. Und versuchen festzustellen, wohin er verschwand.

Das gleiche machte er mit dem Mann am Zeitungskiosk Ecke Stock im Eisen und mit dem Straßenmusikanten bei der Pestsäule.

Allen schärfte er ein, sie sollten auf keinen Fall versuchen, den Mann festzuhalten, weil der gefährlich war und vielleicht sogar schießen würde.

Hotwagner hoffte, daß alles reibungslos ablaufen würde. Eine große Szene konnten sie hier, im Herzen Wiens, nicht brauchen. Und einen Schußwaffengebrauch schon gar nicht. Es war nicht dran zu denken, auf dem Platz voller Leute herumzuknallen.

Während sich die Mordgruppe 2 auf dem Stephansplatz bereithielt, parkte der Gorilla seinen Pajero bei der Endstation der Linie 43 in Hernals. Er versperrte das während der Fahrt offen gewesene Handschuhfach, in dem er seine 45er Magnum hatte, und ging langsam zur Station.

Als die Straßenbahn kam, war er so nervös, daß er nicht merkte, daß Konwalina und Berger IV. herankamen und in den zweiten Wagen einstiegen.

Der Gorilla wurde immer nervöser und sah die beiden auch während des Umsteigens in die U-Bahn-Linien nicht. Er drückte sich, wie Hotwagner geraten hatte, in jeder Station mit dem Rücken zur Wand, wartete, bis der Zug einfuhr und stehenblieb. Rannte dann wie eine Dampfwalze gegen den Strom der anderen Fahrgäste in den Waggon und hielt sich von der Tür fern.

Und bei der U-Bahn-Station Stephansplatz merkte er auch nicht, daß ihn Berger IV. auf der Rolltreppe nach oben überholte und vor ihm auf den Platz trat.

Der Gorilla kehrte noch einmal um, ging die Stufen hinunter und suchte das WC auf. Er trat in ein Abteil, verriegelte es und setzte sich schwer' atmend auf die Muschel. Am liebsten wär er bis in alle Ewigkeit dort sitzen geblieben.

Um 10.35 Uhr verließ er das WC, ging zur Rolltreppe und fuhr auf den Stephansplatz.

Er bemühte sich, nirgendwohin zu schauen, erkannte aber doch den großen jungen Oberstleutnant vom Sicherheitsbüro.

Der Gorilla zündete sich mit fliegenden Händen eine Zigarette an, trat zu den Geschäften und glotzte, ohne was zu sehen, in die vollgeräumten Auslagen. Als er eben vor der Auslage eines Uhrengeschäftes stand, sah er im spiegelnden Glas den alten Hotwagner auftauchen, einen Blick auf die Uhren werfen und dann weitergehen.

Der Gorilla glotzte weiter in die Auslage. Er fühlte sein Herz unregelmäßig und beinahe außerhalb des Körpers schlagen, und der Schweiß lief ihm über den Rücken hinab.

Hotwagner tauchte wieder kurz im spiegelnden Glas auf. Er drückte sich sekundenlang an den Gorilla und brummte leise: „Scheiß dich nicht an. Wir sind eh da. Reiß dich zusammen, hörst." Dann ging er wieder weiter.

Um dreiviertel elf löste sich der Gorilla von der Uhrenauslage und ging langsam zum Haas-Haus.

Vor dem scheußlichen Glas-, Stahl- und Kunststeinbau – der zum Stephansplatz paßte wie die Faust aufs Auge – drängten sich so viele Leute, daß das Portal nicht zu sehen war.

Der Gorilla machte einen Bogen um die Menschen, ging ein paar Schritte auf den Graben, dann wieder zurück. Stellte sich links vom Portal vor das große Schaufenster. Wartete auf Pichler, der ja bald kommen mußte. Spürte plötzlich Harndrang, wußte aber zugleich, daß es zu spät war, um noch aufs Pissoir zu gehen.

Gemächlich kam auch der Oberstleutnant Stern zum Portal des Haas-Hauses.

Auch Wasenegger näherte sich.

Hofrat Tamandl stand fotografierend am Beginn des Grabens.

Hotwagner stellte sich weiter hinten am Graben auf. Von hier aus konnte er auch die Habsburgergasse im Auge behalten, aus der Pichler vielleicht kommen würde.

Konwalina und Berger IV. schlenderten langsam zum Portal des Haas-Hauses.

24

Um Schlag 11 Uhr verließ der pensionierte Vizeleutnant Konrad Pichler das *Graben-Espresso*, in dem er seit zwanzig Minuten gesessen hatte.

Er ließ sich Zeit, ging über den Graben bis in die Nähe der Habsburgergasse, sah keinerlei Auffälligkeit. Ging wieder zurück zum Stephansplatz und schaute dabei flüchtig in die Auslagen eines Geschäftes, das unechten, aber echt wirkenden Schmuck anbot, warf auch einen Blick auf einen Schallplatten- und CD-Laden, der noch immer ganz im Zeichen des Mozart-Jahres stand. Blieb vor einem Waffengeschäft stehen und begutachtete die modernen, vielschüssigen Pistolen und großkalibrigen Revolver. Dachte dran, daß seine alte, aber bewährte 08 genauso gut, wenn nicht besser war, ging weiter und schaute auf die Uhr.

Es war 11.10 Uhr. Pichler ging weiter zum Haas-Haus und merkte nicht, daß er beschattet wurde.

Konrad Pichler war ein mittelgroßer, drahtiger älterer Mann mit weißem, ganz kurz geschnittenem Haar. Sein rechter Mundwinkel war nach unten verzogen. Seine Augen waren von einer metallgefaßten Brille mit dunklen Gläsern verdeckt. Er trug aber nicht den telefonisch angekündigten karierten Hut. Den hatte er, aus Nervosität, im Espresso vergessen.

Stern, Hotwagner, Wasenegger, Konwalina und Berger IV. kreisten ihn unauffällig ein.

Auch Tamandl war bereit. Er fotografierte wie besessen und ließ Pichler dabei nicht aus den Augen.

Pichler schaute um sich und bemerkte nichts.

Er sah den Gorilla vor der Auslage links vom Portal des Haas-Hauses stehen. Offensichtlich war er allein.

Pichler blieb trotzdem vorsichtig. Er ließ sich durch die nach allen Richtungen hastenden Passanten und die statischen Touristengruppen zum Haas-Haus treiben.

Dann stellte er sich hinter den Gorilla und wartete, bis der ihn bemerkte hatte und zusammenzuckte.

Pichler trat zum nächsten Schaufenster und vergewisserte sich, daß ihm der Gorilla gefolgt war.

Er rückte seine Brille zurecht, nickte unmerklich und ging langsam auf den Graben.

Der Gorilla folgte ihm und schaute dabei starr auf den Rücken Pichlers.

Die Männer der Mordgruppe 2 bewegten sich ebenfalls über den Graben.

Doch ehe Pichler bei der einmündenden Habsburgergasse war, machte der Hofrat Tamandl einen Fehler. Er ging bereits viel zu dicht hinter Pichler, und als der wegen eines zu schnell über den Graben fahrenden Radfahrers stehenbleiben mußte, lief er voll auf Pichler auf.

Der wandte sich wütend um – und Tamandl machte das Dümmste, was in dieser Situation zu machen war.

Antatt sich zu entschuldigen und weiterzugehen, sagte er: „Polizei!“ und zückte den griffbereiten Dienstausweis.

Pichler reagierte sofort.

Er stieß Tamandl nieder, entzog sich den zugreifenden Händen Konwalinas, schlug einen Haken und rannte wie ein Sprinter durch die Passanten in Richtung eines Durchgangs, der zur Goldschmiedgasse führte.

Stern und Hotwagner packten den wie erstarrt stehenden Gorilla. Stern sprach die Festnahme aus. Hotwagner legte ihm Handschellen an, brummte dabei aber beruhigend: „Keine Panik. Bleib ruhig. Alles okay."

Wasenegger, Konwalina und Berger IV. versuchten, Pichler zu folgen, verloren ihn aber aus den Augen.

In der Goldschmiedgasse wurde eben ein vorschriftswidrig abgestellter Mercedes abgeschleppt. Und ein paar Meter weiter stand ein riesiger Wagen der Müllabfuhr, der eben einen Container hob.

Der Kamerad Pichler war in dem Chaos untergetaucht.

Als die drei Mann auf den Graben zurückkamen, rappelte sich Tamandl mühsam auf. Stern und Hotwagner hatten den Gorilla zwischen sich.

Aber auch Pichler machte einen Fehler.

Er lief, anstatt in einer der kleinen Gassen unterzutauchen, von der Goldschmiedgasse auf den Stephansplatz zurück und weiter, an den Fiakern vorüber, in die Schulerstraße.

Hielt vor der Vinothek St. Stephan an, wollte schon hineingehen. Überlegte es sich, schaute sich um, sah keinen Verfolger. Ging weiter und trat in die Zentralbuchhandlung.

Dabei wurde er aber von einigen Fiakerkutschern beobachtet. Mit einem von denen hatte vorhin Hotwagner geredet. Und der ging zum Stephansplatz, über den der *geschlossene* Gorilla und die Männer der Mordgruppe 2 kamen.

„Inspektor!" sagte der Kutscher zu Hotwagner. „Ich hab' einen rennen gesehen. Weiße Haar' und so groß wie Sie. Er ist in die Buchhandlung von die Kommunisten! Gleich da, in der Schulerstraße!“

Dann setzte er hinzu: „Die Kollegen passen auf, ob er wieder herauskommt. Und wenn ja, schauen s', wohin er geht!“

Hofrat Tamandl wollte seine Schlappe vergessen machen und setzte sich in Bewegung. Aber Hotwagner hielt ihn zurück und brummte. „Lassen S' das mich und den Burli machen, Hofrat. Wir machen das schon.“

Der Hofrat, Stern, Wasenegger und Konwalina blieben mit dem Gorilla zurück. Um sie bildete sich eine Menschentraube. Auch die zwei jungen Uniformierten kamen heran und erkundigten sich, was eigentlich los war.

Sie wurden vom Hofrat angeschnauzt.

Hotwagner und Berger IV. gingen die wenigen Schritte zur Buchhandlung.

Der „Burli“ zog seine riesige Ruger Commander.

Auch Hotwagner fischte seine Walther aus dem Hosenbund.

„Paß auf, Burli“, sagte er. „Aber mach mir ja keinen Blödsinn. Schieß nur im Notfall, hörst!“

Sie betraten die Buchhandlung.

Es gab einige Kunden. Aber Pichler war nicht unter ihnen.

Berger IV. entdeckte, daß es hinter dem Ladentisch, an dem eine junge blonde Frau bediente, Zugang zu weiteren Räumen gab. Er drängte sich an der Verkäuferin vorbei und schaute nach.

Pichler war nicht zu sehen. Ein Verkäufer mit Lagerfeld-Zopf war eben dabei, Bücherpakete zu öffnen. Er starrte bewegungslos in die Mündung von Bergers Commander.

„Polizei“, sagte Hotwagner zur Verkäuferin. Und:

„Ist da gerade wer ins Geschäft gekommen? Ein weißhaariger Mann mit dunkler Brille? So groß wie ich, aber nicht so dick?“

Die Verkäuferin wies wortlos zu einer Treppe, die nach oben führte. Es gab eine Tafel ZUR AUSSTELLUNG POLNISCHER GRAFIK.

Hotwagner scheuchte die Kunden und die Verkäuferin mit einer wedelnden Handbewegung zur Seite. Dann ging er zur Treppe und entsicherte seine Walther. In der Stille knackte der Verschluß überlaut.

Berger IV. kam wieder nach vorn und sagte zu den Kunden: „Bleiben Sie ruhig. Es ist gleich vorbei.“

Der Verkäufer mit dem Lagerfeld-Zopf hockte wie eine Salzsäule bei seinem Bücherpaket.

Hotwagner stieg langsam die Treppe hoch und sagte: „Gib auf, Pichler. Da kommst nimmer heraus.“

Er verschwand um die Biegung der Treppe. Dann hörte man ihn laut und schneidend sagen: „Laß die Puffen fallen! Händ' in die Höh'! Ich schieß' dich um, wennst nicht sofort parierst!“

Man hörte Pichlers 08 zu Boden poltern.

Droben stand Hotwagner erstmals Pichler gegenüber, und dieser blickte ihn haßerfüllt an.

„Laß die Händ' oben“, sagte Hotwagner. „Stell dich mit dem Gesicht zur Wand. Und spreiz die Füße. Hände an die Wand. Gemma!“

Pichler gehorchte, Hotwagner tastete ihn ab. „So. Und jetzt gib die Händ' nach hinten! Ganz langsam.“

Die Handschellen schnappten ein.

„Ich protestiere“, sagte Pichler. „Ich werde mich beschweren! Ich bin kein Verbrecher!“

Hotwagner nickte. „Halt die Goschen. Und beschwer dich nur. Bei der Milchfrau. Und jetzt: Abmarsch!“

Er ließ Pichler an sich vorbei, hob dessen Waffe auf und folgte ihm nach unten.

Der Verkäufer mit Zopf brachte endlich den Mund auf und fragte: „Was geht da eigentlich vor?"

Burli Berger IV. grinste. „Nichts, Haberer. Nichts mehr." Und sagte zu den Kunden: „Ihr könnts euch weiter Büchln kaufen."

„Genau", brummte Hotwagner, der Pichler zur Tür dirigierte. „Lesen bildet."

Laut Protokoll wurde die Amtshandlung Stephansplatz um 11.36 Uhr abgeschlossen.

Konrad Pichler, 59 und Johann Kraus, 50, wurden festgenommen und ins Sicherheitsbüro verbracht.

Der Hofrat Tamandl wirkte rundum zufrieden.

Während die Männer mit ihren Gefangenen zu den Autos gingen, sagte Oberstleutnant Stern: „Blöd, daß es so ausgegangen ist. Jetzt werden wir die ganze Habsburgergasse überprüfen müssen. Der Pichler hat ja dorthin wollen."

Tamandl nickte und bezog den Vorwurf nicht auf sich. „Richtig. Die Gasse muß umgehend überprüft werden."

Und zu den Männern der Mordgruppe 2 sagte er: „Gute Arbeit, meine Herren. Sehr gute. Wir können zufrieden sein. Die Gruppe wird eine Belobigung im Tagesbefehl des Herrn Polizeipräsidenten bekommen."

Niemand sagte was drauf.

Nur Hotwagner konnte sich nicht enthalten und brummte: „Das wird uns aufbauen, Herr Hofrat. Ganz gewaltig."

25

Die Mordgruppe 2 ließ das Mittagessen ausfallen und nahm sich den Kameraden Pichler vor. Er blieb wegen seiner Gefährlichkeit *geschlossen.*

Stern, Hotwagner und Wasenegger setzten sich rund um ihn.

Berger IV. spannte ein Blatt in die altmodische Triumph und klopfte automatisch die Anfangszeilen, in denen es stereotyp hieß, daß der Befragte zur Wahrheit ermahnt worden war.

Konwalina und der Gorilla saßen im Nebenzimmer. Sie hielten sich für die Gegenüberstellung bereit. Auch der Gorilla war *geschlossen*, damit Pichler nicht dahinterkam, daß er mit der Polizei im Einvernehmen stand.

Der Gorilla hatte eine Zigarette zwischen den Lippen und war ungeheuer gesprächig, weil er nicht mehr unter Druck stand.

Er erzählte Konwalina von seiner Zeit als Catcher und verbreitete sich darüber, daß die jüngeren Catcher allesamt „Mutterln" waren. Bessere Wirtshausraufer, die keine Ahnung vom wirklichen Ringen hatten. Sie hatten von Griffen wie dem Audersch-Armhebel, dem Doppelnelson Equatores und der Kerschitz-Mühle keine Ahnung. Waren Arschlöcher, die sich vor Arschlöchern produzierten. Denn auch das Publikum war nicht mehr das von früher.

Während der Gorilla seinen Catcher-Digest vortrug, zeigte sich, daß der Kamerad Pichler ein harter Steher war. Er sagte fast nichts. Jedes Wort mußte aus ihm herausgezogen werden.

Er hielt seine Festnahme noch immer für einen Übergriff und wollte sich beschweren. Außerdem war die Polizei für ihn inkompetent, und er verlangte, daß höhere Stellen verständigt wurden. Das wurde ihm jedoch abgeschlagen.

Im Grunde gab Pichler nur zu, daß er bewaffnet gewesen war und keine Erlaubnis zum Führen einer Faustfeuerwaffe hatte. Und sich seiner Festnahme durch tätlichen Angriff widersetzt hatte. Was aber lediglich nach § 270 Strafgesetz und nur mit einer geringen Freiheitsstrafe oder überhaupt nur mit einigen Dutzend Tagsätzen bestraft werden konnte, mithin eine Bagatelle war.

„Ich bin“, sagte er, „aus rein privaten Gründen nach Wien gekommen. Will ein Treffen des Kameradschaftsbundes und eines der Unteroffiziergesellschaft besuchen. Außerdem ins Theater gehen und eine Ausstellung besuchen.“

Berger hämmerte in die Triumph.

Pichler bestritt jede Beziehung zu österreichischen Rechtsradikalen, wollte weder eine Gruppe *Odoaker* noch den Gorilla oder die *Endstation* kennen. Er gab zu, früher ab und zu in die Zusammenkünfte des Vereins *Theoderich* gegangen zu sein, aber der war ja behördlich angemeldet.

Pichler behauptete auch, keine der auf den Fotos abgebildeten Personen zu kennen. Die Namen Keuschnigg und Soucek wollte er nie gehört haben. Er kenne zwar einen Kameraden namens Soucek, aber der sei entweder sehr alt oder bereits gestorben, habe aber jedenfalls in Graz gewohnt.

Und natürlich hatte er auch den Gorilla nicht auf den Stephansplatz bestellt. Er kannte ihn ja überhaupt nicht.

Dann verlangte er wieder, zumindest mit einem Anwalt telefonieren zu können.

Der Oberstleutnant schlug ihm dies im derzeitigen Stadium der Einvernahme ab.

Und Berger IV. sagte lässig: „Erst *niederlegen* – dann telefonieren. So schaut's aus.“

Stern setzte wieder an.

„Sie, Herr Pichler, sind also rein privat nach Wien und haben von nichts eine Ahnung. Kennen keine Neonazis, keine *Endstation* und nichts. Warum haben Sie sich dann der Festnahme widersetzt und sind geflüchtet? Haben den Kollegen Hotwagner mit einer Schußwaffe bedroht?"

Draufhin sagte Pichler, er habe die Szene auf dem Graben für einen Raubüberfall gehalten. Aus der Zeitung wisse er, daß es in Wien viele Raubüberfälle gebe. Er habe die Polizisten für Verbrecher gehalten und deshalb den einen niedergestoßen. Dann habe er vor den vermeintlichen Verbrechern flüchten wollen.

Die Habsburgergasse wollte Pichler überhaupt nicht namentlich gekannt haben. Er könne doch nicht den Namen jeder kleinen Gasse in der Wiener Innenstadt kennen.

Hotwagner schaute seinen Gruppenführer an. „Machen wir eine Gegenüberstellung, Chef. Die Rederei da bringt ja nichts."

Stern stimmte zu. Er stand auf, öffnete die Tür des Nebenraums und winkte den Gorilla und Konwalina herein.

Dann sagte er zum Gorilla: „Kraus! Schauen Sie sich diesen Mann da genau an. Lassen Sie sich Zeit. Und dann sagen Sie uns, wer das ist."

Der Gorilla glotzte Pichler an, sagte aber nichts.

Dann setzte er alles auf eine Karte, vertraute dem alten Hotwagner und sagte: „Kennen tu' ich ihn. Weil der ja auch verhaftet wurde. Aber wer er ist, das weiß ich nicht."

Er schaute Pichler nochmals an. „Soll ich den alten Schneebrunzer kennen? Wie soll der Typ denn heißen?"

Plötzlich fühlte sich der Gorilla sicherer und begann zu schimpfen. „Da scheiß' ich drauf! Ein Mal in drei Monat' komm' ich in diese tepperte Stadt hinein! Und da werd' ich verhaftet und wie ein Schwerverbrecher zusammengehängt! Was hab' ich denn getan?! Das muß alles ein Irrtum sein!"

Pichlers schiefer Mundwinkel entspannte sich unmerklich.

Er war stolz auf den Kameraden Kraus. Der war gut erzogen und hielt dicht. Von dem würden die Polizisten kein Wort erfahren.

Auch dem seine Ehre hieß Treue. Wenn er sonst auch ein primitiver Idiot war, der den Spitznamen Gorilla zu Recht führte.

Der Gorilla schaute die Polizisten an und fragte: „Also, was ist jetzt? Ich kenn' den Alten da nicht und war nur zufällig in der Stadt. Kann ich gehen?"

„Ja", sagte Stern. „Du kannst gehen. Aber nicht nach Haus'. In eine Zelle."

Er knallte den Stempel HAFT auf ein Formular und sagte zu Konwalina: „Nimm ihn mit, Robert."

Die beiden verließen das Dienstzimmer. Stern wandte sich Pichler zu.

„Also, Herr Pichler. Sie halten alles, was Sie bisher gesagt oder eigentlich nicht gesagt haben, natürlich aufrecht."

„Jawohl."

„Sie wissen nichts und kennen niemand. Wollten nur einmal wieder das schöne Wien besuchen und was für Ihre Kultur tun. Sind nur zufällig am Graben gewesen."

„Jawohl", sagte der Kamerad.

Stern war jetzt sehr freundlich: „Aber vielleicht könnten Sie uns zumindest sagen, wo Sie in Wien wohnen und wo Ihr Fahrzeug abgestellt ist?"

„Ich wohne seit zwei Tagen im Hotel *Roter Hahn*. Auf der Landstraßer Hauptstraße. Und mein Auto steht vor dem Hotel", sagte Pichler. „Und ich verlange einen Anwalt!"

„Aber sicher“, brummte Hotwagner. „Morgen. Gleich morgen früh.“

Stern schaute Berger IV. an. „Der Herr Pichler ist für heut’ fertig. Er kommt jetzt in Haft.“

Die alte Triumph knatterte.

Pichler wurde weiß, und sein schiefer Mundwinkel versteifte sich wieder.

„Wieso denn in Haft? Aus welchem Grund?“

„Weil Sie dringend verdächtig sind, den Horst Soucek zu mindestens einem Mord angestiftet zu haben. Und falls Soucek, der flüchtig ist, nicht auftaucht, sind Sie auch verdächtig, diesen ermordet zu haben. Und jetzt können Sie, wenn Ihnen danach ist, einen Anwalt Ihres Vertrauens anrufen.“

Pichler verzichtete darauf. Er hielt sich für das unschuldige Opfer eines Irrtums. Wollte aber den Brigadier Gradwohl anrufen, der in der Fasangartenkaserne stationiert war.

Wasenegger wählte die von Pichler genannte Nummer, aber der Brigadier war, wie gesagt wurde, heute nicht im Dienst. Er würde erst ab morgen wieder anwesend sein.

Dann landete auch der Kamerad Pichler in einer Zelle.

Stern rief das Hotel *Roter Hahn* an und erfuhr, daß ein Konrad Pichler tatsächlich dort wohnte.

Draufhin sagte er zu Konwalina und Wasenegger: „Ihr fahrt zum *Roten Hahn* und stellt das Gepäck von Pichler sicher. Irgendwas wird er ja im Zimmer haben. Und kümmert euch auch um den Golf, wenn er wirklich vor dem Hotel steht.“

Als die beiden weg waren, suchten Stern und Hotwagner die Privatnummer des Brigadiers aus dem Telefonbuch.

Stern rief aufs Geratewohl an und hatte Glück.

Eine Frauenstimme sagte, der Herr Brigadier sei da und sie werde ihn sofort zum Telefon holen.

Zwei Minuten später meldete sich Gradwohl und schien nicht erfreut darüber, daß er von einem Kriminalbeamten „kontaktiert“ wurde.

Er nahm zur Kenntnis, daß der ehemalige Vizeleutnant Konrad Pichler im Polizeigefangenenhaus einsaß, war aber nicht gewillt, auch nur in irgendeiner Weise aktiv zu werden.

„Ich weiß nicht, warum der Herr Pichler ausgerechnet mich anrufen ließ. Ich hab' den Mann doch kaum gekannt. Und seit seiner unter nicht sehr ehrenvollen Prämissen erfolgten Pensionierung hatte ich gar keinen Kontakt mehr mit ihm. Ich nehme Ihren Anruf, Herr Oberstleutnant, lediglich zur Kenntnis, das ist alles. Ich danke“, sagte der Brigadier und legte auf.

Danach führte Gradwohl mehrere Telefonate.

Denn er wußte genau, warum ihn Pichler hatte verständigen lassen. Gradwohl wußte nämlich auch, daß Pichler zumindest mittelbar für das Gemetzel in der Kegelgasse verantwortlich war. Damit durften aber weder das Bundesheer noch Gradwohl und einige andere Herren in Verbindung gebracht werden. Pichler hatte ja lediglich einen Wink erhalten, moderat einzuwirken, wenn es innerhalb der jungen Leute Differenzen gab.

Und noch etwas wußte Gradwohl: daß weder auf Pichler noch auf die Mitglieder der Gruppe *Odoaker* Verlaß war. Es waren Hysteriker und Totschläger und jetzt sogar Mörder. Unbrauchbar für Fernziele. Aus diesem Grund drehten sich seine Telefonate darum, daß die *Odoaker* abgehakt und vergessen werden sollten.

Nach dem Gespräch mit dem Brigadier teilte Stern die restlichen Leute seiner Gruppe ein.

Wasenegger und Konwalina waren bereits unterwegs. Sie würden, wenn es gutging, in zwei Stunden oder so zurück sein. Dann sollten sie Rückstände aufarbeiten und warten.

Berger IV. sollte ins Präsidium fahren und mit dem Stapomann Stummberger reden. Vielleicht wußte der etwas über die Gegebenheiten in der Habsburgergasse.

Er selbst würde kurz dem Hofrat rapportieren und dann mit Hotwagner die Habsburgergasse durchkämmen und festzustellen versuchen, wohin Pichler mit dem Gorilla gehen wollte. Wenn Hofrat Tamandl nicht so ungeschickt und voreilig gewesen wäre, hätten sie das schon längst gewußt.

26

Als Tamandl erfuhr, daß sein Gruppenführer mit dem Brigadier Gradwohl telefoniert hatte, war er sehr ungehalten.

„Ich habe Sie doch gebeten, von allem unterrichtet zu werden, Herr Oberstleutnant. Ausdrücklich! Und was machen Sie? Treten, wenn wir Pech haben, eigenmächtig eine Lawine los, die ... . Also bitte! Ich bitte sehr, meine Dienstanweisungen zu befolgen!"

Stern versprach, sich zu bessern. Und er sagte, daß er mit Hotwagner in die Habsburgergasse gehen werde. Dann trat er ab.

Daß er Berger IV. zur Stapo geschickt hatte, verschwieg er.

Nach diesem unguten Gespräch setzten sich Stern und Hotwagner in den Passat und fuhren in die Innenstadt.

Während sie noch durch die engen Gassen kurvten und nach einem Parkplatz suchten, saßen Berger IV.

und Abteilungsinspektor Stummberger einander gegenüber.

Stummberger wußte nichts über die Habsburgergasse, aber eine Menge über den Brigadier Gradwohl.

„Der Gradwohl“, sagte Stummberger, „ist genau das, was die Nazis gern haben. Nämlich ein Vollkoffer mit nur einer Windung im Hirn. Und die ist rein arisch, germanisch und deutsch. Er ist zwei Meter groß, fett wie eine Sau, wiegt hundertfünfzig Kilo und hat Augengläser wie Operngucker. Von den hundertfünfzig Kilo sind mindestens hundert reine Dummheit. Er hat Funktionen in der Offiziersgesellschaft, bei den Christlichen Offizieren und so weiter, was halt einschlägig ist. Hat ursprünglich Informatiker werden wollen, aber die Kurve nicht gepackt und ist beim Bundesheer gelandet. Er hat was mit Logistik zu tun. Brigadier ist er nur durch den CV geworden, glaub' ich.“

„Und warum wollte der Pichler dann mit diesem Wurstel reden?“ fragte Berger IV.

„Weil er nicht ganz so ein Wurstel, sondern irgendwie doch gefährlich ist. Und was zu sagen hat. Leider wissen wir nicht, was und wieviel“, brummte Stummberger.

„Der Gradwohl hat irgendwie Kontakte und nicht nur nach Deutschland. Aber welche, das ist für einen Kleinen wie mich zu groß. Ich hab' zwar versucht, was rauszukriegen, bin aber zurückgepfiffen worden. Das ist nichts für einen patscherten Abteilungsinspektor, hat man mir gesagt. Um sowas kümmern sich Hochkarätige. Na ja. Okay. Mir ist's ja wurscht!“

Franz Berger IV. versuchte zwar noch eine Zeitlang, dem Stapomann mehr über Gradwohl zu entlocken, scheiterte aber.

Stummberger war bereit, über alles zu reden. Außer

über den Brigadier. Denn um den hatte er sich ja nicht zu kümmern.

Unterdessen hatten Stern und Hotwagner endlich einen Parkplatz gefunden. Sie stellten den Passat vor dem *Café Bräunerhof* ab, legten eine Karte POLIZEI-DIREKTION WIEN – SICHERHEITSBÜRO aufs Armaturenbrett, setzten sich zu einem kleinen Braunen ins Café und unterhielten sich mit dem Besitzer, der unlängst als einer der letzten wirklich echten Wiener Kaffeesieder im Fernsehen gewesen war.

Sie erkundigten sich nebenbei und beiläufig auch über die Geschäfte und deren Besitzer in der Habsburgergasse, erfuhren aber nichts Nenneswertes.

Als sie aus dem Café kamen, parkte in zweiter Spur ein Streifenwagen. Die zwei jungen Uniformierten waren damit beschäftigt, Strafzettel zu verteilen.

Einer schaute kritisch auf den Passat. Hotwagner trat zu ihm, zog seine Kokarde und sagte: „Geh weiter, Burschi. Wir sind im Dienst. Bring deine Papierln woanders an."

Draufhin salutierten die Uniformierten, setzten sich in den Streifenwagen und fuhren weg.

Stern und Hotwagner gingen langsam in Richtung Habsburgergasse, bogen dann in sie ein.

Vorbei am wuchtigen Klotz des Dominikanerklosters. Gegenüber gab es ein Palais und eine Pension. Beide schauten nicht nach einem Treffpunkt für Nazis aus.

Auch die Geschäfte der Gasse wirkten unverdächtig.

Es gab den Frisiersalon der Weltmeisterbrüder *Bundy & Bundy*, einen Juwelier, Rechtsanwaltsbüros, das Restaurant *„Adriatica"*, zwei Boutiquen, einen Nobelkürschner, dem Tierschützer mit weißer Farbe MÖRDER!! übers Schaufenster gesprayt hatten, Geschäfte mit Sportswear, Porzellan, huriger Damenwäsche – dann mündete die Gasse auf den Graben.

Weder Stern noch Hotwagner konnten sich vorstellen, wohin Pichler gewollt hatte. Sie machten aber trotzdem mit seinem Foto die Runde durch die Geschäfte und bei den Hausmeistern. Aber keiner kannte den Mann, der wie Siegfried Lowitz ausschaute.

Die beiden standen bereits auf dem Graben, als Hotwagner sagte: „Die Pension! Wir sind nicht in der Pension gewesen, Waldi!"

Stern zuckte mit den Schultern. „Für was denn, Otto? Wir wissen doch, daß Pichler in diesem Hotel auf der Landstraße wohnt."

Hotwagner gab nicht nach.

„Wissen wir das wirklich?" Er ging zum nächsten öffentlichen Telefon und rief im Sicherheitsbüro an.

Wasenegger und Konwalina waren schon zurück.

Pichler wohnte tatsächlich im *Roten Hahn.* Sie hatten seinen Koffer sichergestellt. Den Golf mit der WUN-Nummer hatten sie von der Fahrbereitschaft abholen und in die Roßauer Kaserne bringen lassen.

„Na, also", sagte Stern. „Alles okay." Und ironisch: „Aber du glaubst insgeheim, der Pichler wohnt auch in dieser Pension."

„Ich glaub's nicht direkt", brummte Hotwagner. „Aber sein könnt' es ja – oder? Fragen tät' ich dort ganz gern. Wir kommen ja sowieso dort vorbei, wenn wir zum Auto zurückgehen."

Fünf Minuten später waren sie in der Pension und hörten, daß alle Zimmer besetzt waren und sich unter den Gästen keiner mit Namen Pichler befand.

Stern wandte sich leicht lächelnd ab.

Aber Hotwagner hatte noch eine Idee.

„Also gut", sagte er zur Besitzerin der Pension. „'s gibt bei ihnen keinen Pichler."

Er zeigte das Foto vor und fragte: „Gibt's vielleicht den Mann, da bei Ihnen."

„Aber sicher“, sagte die Besitzerin. „Aber dieser Mann heißt Otto Walter und ist heut' früh angekommen. Ich habe sogar seinen Paß wegen der Eintragung noch hier. Herr Walter wollte eigentlich schon zum Mittagessen dasein, aber es wird ihm später geworden sein.“

Hotwagner nickte und grinste seinen Oberstleutnant an.

„Aha“, brummte er. „Ich glaub' fast auch, daß es ihm später geworden ist. Kommt ja vor . . .“

Dann fragte er: „War der Herr Walter angemeldet oder was? Ich mein', weil er gleich ein Zimmer gekriegt hat, obwohl bei Ihnen alles voll ist?“

„Herr Walter hat vor zwei Tagen von Budapest aus angerufen und sich sein Zimmer reservieren lassen“, sagte die Besitzerin. „Er läßt immer anrufen oder ruft selbst an. Das geht dann schon.“

Stern mischte sich ein. „Dürfen wir um den Paß dieses Herrn Walter bitten?“

Die Besitzerin öffnete eine Lade, nahm einen österreichischen Paß heraus und legte ihn vor die beiden Polizisten. „Bitte.“

„Danke“, brummte Hotwagner und schlug den Paß auf.

In ihm prangte das Foto des Kameraden Pichler. Aber der Paß war von der Polizeidirektion Salzburg auf den Namen Otto Walter ausgestellt. Und zwei Jahre alt.

Stern und Hotwagner ließen sich das Zimmer des Herrn Walter zeigen. Sie fanden einen frischen Schlafanzug und Zeitungen auf dem Bett. Neben dem Bett stand eine große vollgepackte Reisetasche.

Stern öffnete sie, fand aber nur ein frisches Hemd, ein paar Schuhe und sonst nur Zeitschriften und Papierzeug darin.

Er schloß die Tasche, machte sie wieder auf und stopfte den Schlafanzug hinein. „Das da nehmen wir mit", sagte er. „Und den Paß auch. Sie bekommen eine Quittung drüber. Mein Name ist Stern. Ich bin Oberstleutnant im Kriminaldienst. Sicherheitsbüro. MG 2."

Und Hotwagner sagte trocken zur Pensionsbesitzerin, die verdutzt schaute: „Für ihren Herrn Walter, der immer telefonisch bestellt, wird's ziemlich spät werden. Er braucht das Zimmer in der nächsten Zeit nimmer. Er wohnt jetzt bei uns."

Und lächelnd: „Schauen S' nicht so. Wenn S' wollen, können S' das Zimmer gleich wem anderen geben. Den Walter, der eigentlich Pichler heißt, können S' für ein paar Jahre vergessen."

Als Stern und Hotwagner ins Sicherheitsbüro zurückkamen, ging der Oberstleutnant zu seinen Männern nach oben.

Hotwagner ging zu den Zellen und ließ sich die des Gorillas aufsperren.

„So", sagte er zu ihm. „Jetzt kannst dich über die Häuser hauen. Fahr in dein Wirtshaus zurück. Bleib aber sauber. Halt dich zu unserer Verfügung. Vielleicht brauchen wir dich noch."

Und zum diensthabenden Uniformierten brummte er: „Der Bursch da, der geht nach Haus. Gib ihm seine Effekten. Die Entlassungspapiere schick' ich dir gleich runter. Es ist alles okay. Der Chef gibt seinen Segen."

Als Hotwagner zu den anderen kam, stand bereits fest, daß von der Polizeidirektion Salzburg kein Paß für einen Otto Walter ausgestellt worden war. Es mußte sich um eine Fälschung handeln. Denn die auf dem Paß angegebene Nummer war keine der Polizeidirektion Salzburg.

Stern schaute auf die Uhr und sagte: „Heut' machen

wir nichts mehr. Aber morgen nehmen wir den Pichler auseinander. Da wird er uns ein bisserl was erzählen müssen. Auch, von wo und wem er den Paß hat."

27

Am nächsten Morgen nahmen die Männer der Mordgruppe 2 den Kameraden Pichler weder auseinander, noch erfuhren sie etwas von ihm.

Denn Pichler lebte nicht mehr.

In der vergangenen Nacht hatte der alte Bezirksinspektor Heinz Karasek Gangdienst im Zellentrakt gehabt und, wie er es immer machte, etwa halb- bis dreiviertelstündlich durch das Guckloch die Zellen kontrolliert.

Dabei war ihm während der ganzen Nacht kein besonderes Vorkommnis aufgefallen. Nach Löschen des Lichtes waren alle Häftlinge auf ihrer Pritsche gelegen und hatten sich ruhig verhalten. Auch Pichler.

Zwar hatte Karasek irgendwann zwischen 2 und 3 Uhr aus einer der Zellen sowas wie ein röchelndes Stöhnen gehört und dabei gedacht, daß sich wieder einmal eine von den Drecksäuen selbst befriedigte. Derlei kam ja immer wieder vor. Manche der Einsitzenden hatten eben geile Phantasien. Und viele wichsten. Einer machte das ruhig, der andere wurde laut dabei. Das kam auf die Mentalität an.

Am Morgen, als die Zellen wieder beleuchtet wurden und es das Frühstück gab, zeigte sich, daß Pichler trotz der Aufforderung „Aufstehen! Frühstück!" zur Wand gedreht liegenblieb.

Karasek holte sich, wie es Vorschrift war, einen Kollegen. Dann betraten die beiden die Zelle.

Der Kollege blieb bei der Zellentür stehen. Karasek ging zu Pichler, rüttelte ihn und wiederholte sein „Aufstehen! Frühstück!".

Dann merkte er, daß mit dem Einsitzenden was los sein mußte. Dessen Gesicht war gedunsen und leicht verfärbt.

Karasek drehte Pichler herum und merkte, daß der tot war. Sein Mund stand halb offen. Die Zahnprothese lag verkeilt in der Mundhöhle. Auf der Zunge gab es Verletzungen und eingetrocknete Blutspuren. Offensichtlich hatte sich Pichler im Todeskampf in die Zunge gebissen.

Von 6 bis 8 Uhr war im Sicherheitsbüro der Teufel los. Jede Menge höherer Dienstränge tobte umher.

Aber keiner von ihnen konnte Pichler wieder zum Leben erwecken.

Wie der sofort herbeigerufene Polizeiarzt feststellte, war der Häftling mit fast absoluter Sicherheit an einem Herzinfarkt verstorben. Äußere Gewaltanwendung oder toxische Einwirkung waren auszuschließen.

„Der Mann ist wahrscheinlich zwischen 1 und 2.30 Uhr gestorben", konstatierte der Obermedizinalrat DDr. Ignaz Sterk. „Sein Tod dürfte so rasch eingetreten sein, daß er keine Artikulierungsmöglichkeit mehr hatte."

Damit war Bezirksinspektor Karasek aus dem Schneider. Wer sich nicht artikulierte, konnte logischerweise auch nicht gehört werden.

Daß er doch etwas gehört hatte, verschwieg Karasek. Außerdem: Retten hätte er den weißhaarigen Alten ja doch nicht können. Weil dem sein Tod ja schnell gekommen war.

So war das halt. Es war ja direkt schön, wenn man so schnell ins Gras biß. Besser als jahrelang leiden.

Wie zum Hohn erschien um 10.30 Uhr der Student

Arnfried Schwinghammer im Sicherheitsbüro und verlangte, mit einem Beamten der Mordgruppe 2 zu sprechen.

Es stellte sich heraus, daß er ein Studienkollege des Dieter Keuschnigg und bereits zweimal wegen des Kameraden Pichler befragt worden war. Dabei hatte Schwinghammer immer bestritten, Pichler zu kennen.

Jetzt hatte er aber Gewissensbisse und wollte aussagen, daß er Pichler nicht nur kannte, sondern auch gehört haben wollte, daß der Kamerad Pichler vor einigen Wochen mit einem Femeurteil gegen Keuschnigg nach Wien gekommen sei.

Horst Soucek hätte ihm gegenüber so etwas zumindest angedeutet, aber absolutes Schweigen gefordert. Aus diesem Grund hatte Schwinghammer auch bis jetzt geschwiegen und die Kriminalbeamten, die ihn befragten, belogen.

Er habe in letzter Zeit aber viel nachgedacht und sei zur Einsicht gekommen, daß es seine Pflicht sei, der Polizei die Wahrheit zu sagen.

Gruppenführer Stern ließ Berger IV. eine Niederschrift mit Schwinghammer aufnehmen und schickte den Studenten nach Hause.

Im Prinzip war dessen Aussage nicht relevant. Denn Pichler war tot. Und Schwinghammer wußte ja nur vom Hörensagen, was dem Soucek damals mitgeteilt worden war.

Mehr oder weniger sprach Berger IV. für alle, als er sagte: „Jetzt sind wir wieder dort, wo wir angefangen haben. Die ganze Kegelgassengeschichte ist eine einzige Scheiße."

„Genau", brummte Hotwagner. „Wir haben drei Tote, wie am Anfang. Und den Pichler als vierten. Und der Soucek hat sich in Luft aufgelöst."

28

Der plötzliche Tod des Kameraden Pichler brachte für die Mordgruppe 2 einige Probleme. Aus diesem Grund gingen die Männer auch nicht wie üblich in die Kantine, sondern schlangen ihr Mittagessen im Dienstraum hinunter.

Konwalina hatte einen großen Plastiksack Leberkäsesemmeln und ein halbes Dutzend Bierdosen gebracht. Aber obgleich der Leberkäse saftig und die Semmeln knusprig waren, schmeckte es außer Hotwagner keinem so richtig.

Sie hatten jetzt nicht nur den Toten, sondern auch dessen PKW, einen Koffer und die große Reisetasche am Hals – und den Rapport beim Hofrat vor sich. Und die Deutschen mußten auch noch verständigt werden, daß der Kamerad sein Reihenhaus am Rande von Wunsiedel nicht mehr beziehen würde.

Wenig später standen Stern, Hotwagner, Wasenegger, Konwalina und Berger IV. vor August Tamandl. Und hatten das Gefühl, im Gefrierfach eines Kühlschranks zu sein.

Sie wurden nach allen Regeln der Kunst betoniert und waren froh, als sie wieder in ihr raucherfülltes Dienstzimmer zurückkehren konnten.

Als Tamandl wieder allein war, führte er mehrere Telefonate.

Er rief zunächst den Brigadier Gradwohl an, entschuldigte sich für die Eigenmächtigkeit seines sonst bewährten und umsichtigen Gruppenführers und war sofort erleichtert, als er merkte, daß der Brigadier am Tod Pichlers geradezu desinteressiert war.

Gradwohl dankte für den Anruf des Kollegen und sagte dann: „Dieser, hmmm, Kamerad Pichler, ist für mich absolut keine Größe, lieber Hofrat. Er war zwar zeitweilig mein Kamerad, sicher. Aber darüber hinaus nichts. Ich habe mit diesem Herrn kaum oder keinen Kontakt gehabt, als er noch lebte, und will jetzt mit dem Toten schon gar keinen haben. Im übrigen ist es mir völlig unverständlich, wieso er meinen Namen nannte."

Danach rief Tamandl mehrere hohe und höchste Leute in verschiedenen Ministerien an, sprach auch mit dem Generaldirektor für die Öffentliche Sicherheit. Aber auch von denen war keiner am Schicksal Pichlers interessiert.

Da war aber noch etwas. Zwischen den Zeilen hatten alle Gesprächspartner so geklungen, als ob sie von der ganzen Kegelgassengeschichte nichts wissen wollten. Und als ob sie an deren Klärung nicht gerade brennend interessiert wären.

Das sagte Tamandl auch seinem Gruppenführer, den er „auf ein paar Worte" zu sich ins Büro bat. Und er deutete auch, wenngleich vorsichtig an, daß es den übergeordneten Stellen möglicherweise keine allzu großen Sorgen machen würde, wenn der Fall Kegelgasse überhaupt als vorläufig ungeklärt „auf Frist" gelegt wurde.

Stern nickte dazu und sagte mürrisch: „Wenn's so weitergeht, Herr Hofrat, kommt es sowieso dazu. Alle Beteiligten sind tot, und der mutmaßliche Täter Horst Soucek ist nicht auffindbar. Wenn sich nicht bald was tut, geben wir sowieso auf."

Das wäre auch Tamandl am liebsten gewesen, weil er die Gruppe längst gern woanders eingesetzt hätte. Es gab ja genug andere Morde in Wien. Erst heute war wieder eine männliche Leiche auf dem Margaretengürtel gefunden worden. Ohne Papiere und barfuß. Todesursache: Messerstiche in den Rücken.

Am späten Nachmittag meldete sich die Gerichtsmedizin bei der Mordgruppe 2, teilte mit, daß Pichler tatsächlich an einem Herzinfarkt gestorben war. Dabei war die linke Herzkammer förmlich zerrissen worden. Außerdem war festgestellt worden, daß Pichler schon mehrmals leichtere Infarkte gehabt haben mußte.

„Jetzt könnt' mit dem Kameraden langsam eine Ruh' sein", brummte Hotwagner gallig. „Mir wär' lieber, wir täten vom Soucek was hören. In Luft kann sich der ja nicht aufgelöst haben."

„Vielleicht doch, Otto", sagte Berger IV. „Es kann theoretisch ja auch sein, daß er entweder selber umgebracht und verscharrt worden ist oder Selbstmord begangen hat und irgendwo in einem Wasser liegt oder an einem Baum oder wo hängt."

„Ja – oder wo . . .", grinste Robert Konwalina.

„Und was ist", schlug Karl Wasenegger vor, „wenn wir mit dem Soucek zum Zimmermann gehen? *XY ungelöst*. Da gibt's doch auch manchmal Ergebnisse."

Stern nickte. „Könnt' man nachdenken drüber."

Er lächelte leicht. „Aber vorher könntest dich zur Kaffeemaschine stellen und schauen, daß wir was Warmes kriegen."

29

Am gleichen Tag kam es im idyllischen fränkischen Bamberg zu einem Vorfall.

Über der Stadt Bamberg spannte sich wolkenloser blauer Himmel, die Temperatur war frühlingshaft angenehm, und es gab eine Menge Touristen, die besonders in der Altstadt unterwegs waren.

Bamberg hatte während des Zweiten Weltkrieges großes Glück gehabt und war keinen Bombenangriff ausgesetzt gewesen. Seine wunderschöne Altstadt schaute beinahe noch so wie vor Jahrhunderten aus und zog Touristen geradezu magisch an.

An diesem Tag befand sich unter den Altstadtbesuchern auch eine Gruppe von drei jüngeren Männern, die immer wieder unangenehm auffielen.

In der Regel waren die Besucher Bambergs um diese Jahreszeit meist ältere Leute, die entweder allein, zu zweit oder in Gruppen in Erscheinung traten, sich die Sehenswürdigkeiten ansahen, fotografierten, eine Menge Geld in Geschäften und Lokalen ließen und sich ruhig verhielten.

Die um vieles lauteren und oft betrunkenen amerikanischen NATO-Soldaten waren tagsüber in ihren Kasernen, traten nur in den Abend- und Nachtstunden auf.

Die Dreiergruppe bestand zum einen aus zwei kahlgeschorenen typischen Skinheads. Der dritte Mann trug halblanges blondes Haar und einen ebensolchen kurzen Vollbart, und er schaute nicht wie ein Skinhead aus. Trotzdem schien er der Wortführer zu sein.

Die drei gingen, sichtlich angeheitert, breitspurig und immer wieder überlaut auflachend dahin und stänkerten harmlose Leute an. Als sie das gleiche Verhalten auch im Bamberger Dom fortsetzten, wurden sie von einem Priester aus dem Dom gewiesen und zogen lachend ab.

Sie gingen dann in die bekannte Konditorei *Graupner*,, machten sich auch dort unangenehm bemerkbar und wurden von der Kellnerin vor die Wahl gestellt, entweder freiwillig zu gehen oder zu warten, bis die Polizei dem rüden Benehmen ein Ende machte.

Die drei zogen es vor zu gehen und besuchten das Rauchbierlokal *Schlenkerla.* Dort fielen sie dadurch auf, daß sie sehr viel Bier zu sich nahmen und fast volltrunken waren, als sie gingen.

Gegen neunzehn Uhr tauchten die drei wieder in den Altstadtgassen auf und belästigten dort eine aus älteren Männern bestehende jüdische Touristengruppe. Die meisten der Gruppe trugen entweder Käppchen oder die typischen schwarzen Hüte, zwei hatten lange Bärte und Schläfenlocken.

Diese Gruppe bewegte sich langsam durch die Lange Straße, dann über die schmale Obere Brücke, die zur Regnitz und dem wunderschönen Alten Rathaus führt. Dabei wurden sie von den drei Randalierern lautstark belästigt.

Die Rabauken erzählten einander antisemitische Witze, verbreiteten sich über die „Auschwitz-Lüge der Judenschweine", die doch offensichtlich schon dadurch widerlegt sei, weil man im deutschen Bamberg keine zwei Schritte machen könne, ohne über einen „Saujuden" zu stolpern. Und: Von den paar Tausend, die unterm Adolf aus dem Verkehr gezogen worden sei, wären die meisten wahrscheinlich sowieso an ererbter Syphilis verreckt.

Die Gruppe der Juden versuchte, die Anpöbeleien nicht zur Kenntnis zu nehmen, und die anderen Passanten verstanden entweder die deutsche Sprache nicht oder waren zwar Einheimische, die aber so taten, als hörten sie die Beschimpfungen nicht.

Lediglich der Buchhändler auf der Oberen Brücke, der auf dem Gehsteig ein paar Wühlkästen stehen und deshalb die Ladentür offen hatte, ging zum Telefon, rief die Polizei an und ersuchte dringend um Abhilfe.

Als nach einem nochmaligen Anruf ein Streifenwagen eintraf, war der größere Teil der Juden bereits im Alten Rathaus, nur noch zwei von ihnen saßen in einer Kneipe und tranken Kaffee. Und die Randalierer standen ruhig vor der Auslage eines Schuhgeschäftes, hatten nur Augen für Camel-Rangerstiefel, so daß es für die Streifenpolizisten keinen Grund zu einer Amtshandlung gab.

Als die Polizei weg war, gingen die drei Rabauken den Juden in die Kneipe nach und stänkerten dort weiter. Andere Gäste mischten sich ein, was zu Schimpfduellen führte. Dann kam es zu einer Schlägerei, in deren Verlauf die zart wirkende Wirtin unter die Theke griff, ihr für derlei Fälle bereitliegendes dreiviertelmeterlanges zweizolliges Gasrohr nahm und damit den Rabauken mit kurzem Vollbart und halblangem blondem Haar niederschlug.

Er erlitt eine ziemlich breite Platzwunde und wurde bewußtlos. Seine zwei Freunde wurden von den Gästen überwältigt.

Die Polizei wurde angerufen. Sie erschien und amtshandelte ohne Begeisterung. Die zwei Unverletzten wurden gleich mitgenommen. Der mit Platzwunde vom Notfallwagen erst in die Klinik gebracht, wo man die Wunde nähte und mit einem Verband überdeckte. Dann landete auch er bei der Polizei.

Währenddessen waren die zwei Skins bereits identifiziert.

Es handelte sich um Ottwalt Traub aus Würzburg und Hannes Paula aus Bamberg. Die beiden wurden auf freiem Fuß angezeigt. Sie waren als rechtsradikale Schläger bekannt. Beide behaupteten übereinstimmend, den dritten erst am gleichen Tag in Bamberg kennengelernt zu haben und von ihm selbst aufgefordert worden zu sein, ihn Waldemar zu nennen.

Dann nahmen sich die deutschen Kriminalisten den dritten Mann vor. Er war älter als die beiden anderen und hatte in einem Stiefelschaft eine ausziehbare Stahlrute mit Bleiknopf stecken. Der Mann wies sich mit einem deutschen Führerschein aus, der auf Waldemar Pfannhauser aus Staffelstein ausgestellt war. Demnach war er, wie die beiden anderen, Deutscher.

Einem Polizisten fielen aber ein paar Ungereimtheiten auf.

Der Festgenommene behauptete, Deutscher zu sein und in Staffelstein zu wohnen. Er sprach zwar akzentfreies Deutsch, konnte aber nicht verbergen, daß immer wieder Brocken österreichischer Färbung durchkamen. Einige TV-„Tatort"-Kriminalisten aus Wien sprachen genau so. Das war das eine.

Das andere war, daß der Führerschein des Mannes bereits im Jahr 1980 ausgestellt worden war, in ihm aber ein Foto klebte, das ihn so zeigte, wie er derzeit, also zwölf Jahre später aussah. Also war irgendwas oberfaul an dem Typ.

Das weitere Verhör führte der Kriminalhauptkommissar Ernst Hammer. Und der fragte unter anderem den Mann aus Staffelstein ganz beiläufig, wer denn zu den Staffelsteiner Berühmtheiten gehöre.

Darauf erhielt er keine Antwort. Es hätte aber zumindest der Name Adam Riese fallen müssen. Denn den kannte in Staffelstein jedes Kind, weil er aus der Stadt stammte.

Mißtrauisch geworden, schaute sich der Hauptkommissar den Festgenommenen genauer an und begann sich vage an eine Interpol-Fahndung aus Wien zu erinnern.

Er ließ sich die Fahndung ausheben und verglich das Foto. Haar und Barttracht stimmten nicht überein. Aber die schiefe Nase und der stechende Blick exakt.

Die Bamberger schenkten sich daraufhin weitere Nachforschungen in Staffelstein, nahmen dem Festgenommenen die Fingerabdrücke ab, verglichen sie mit denen der Fahndung und wußten, wen sie erwischt hatten.

Um 22.10 Uhr langte im Sicherheitsbüro die Nachricht ein, daß Horst Soucek in Bamberg einsaß und Angaben über die weitere Behandlung erbeten wurden.

30

Um 23 Uhr war die Mordgruppe 2 vollzählig im Büro des Hofrates Tamandl versammelt.

August Tamandl war längst vor dem laufenden Fernseher in seinem Wohnzimmer eingeschlafen, als er telefonisch von dem deutschen Telex erfuhr. Er war sofort hellwach und fuhr trotz der späten Stunde ins Sicherheitsbüro, weil er das Gefühl hatte, jetzt dort gebraucht zu werden.

Er stolzierte vor seinen Männern auf und ab, übersah sogar, daß sie alle rauchten, und sagte getragen: „Ausgezeichnete Arbeit, das, meine Herren! Hervorragend auch die Mitarbeit der deutschen Kollegen! Wunderbares Zusammenspiel! Rasch. Effizient. Exakt. Ein Rad greift ins andere."

Oberstleutnant Stern wehrte das übertriebene Lob bescheiden ab und sagte: „Der Soucek müßte jetzt so schnell wie möglich her. Ich denke, wir . . ."

Tamandl ließ ihn nicht ausreden.

„Richtig. Genau, Herr Stern! Wir werden umgehend eine Blitzaktion anlaufen lassen! Zwei Mann der Gruppe setzen sich in ein Auto, fahren nach Bamberg und bringen Soucek her!"

Er stellte sich vor Stern, wippte auf den Fußballen und sagte: „Sie wählen die zwei Mann aus. Und ich setze Himmel und Hölle in Bewegung und rufe Gott und die Welt an. In einer Stunde können die zwei Mann losfahren!"

Die Mordgruppe 2 trat ab, und der Hofrat warf sich über sein Telefon und entwickelte totale Hektik.

Im Dienstzimmer der Mordgruppe 2 schaute Stern zuerst den alten Hotwagner an: „Na, Otto – magst du nach Bamberg fahren? Du hast als erster den Soucek verdächtigt und hättest Vorrecht."

Natürlich winkte Hotwagner ab.

„Nein, Chef. Dank' dir schön, aber schick wen jüngeren. Wenn ich mit meinen kaputten Venen so lang ununterbrochen sitzen muß, bin ich hin, bis ich nach Bamberg komm'."

Auch Berger IV. sagte, daß er nicht unbedingt nach Deutschland fahren müßte. Seine Frau hatte einen Termin beim Gynäkologen, und da hätte er sie gern hingefahren. Außerdem . . .

„Okay, Burli", unterbrach ihn Wasenegger. „Fahren ich und der Robert." Er schaute Konwalina an. „Du fahrst doch mit mir. Oder hat deine Frau auch einen Termin irgendwo?"

Konwalina war einverstanden. Er fuhr gern Auto, und in Bamberg war er sowieso noch nie gewesen.

Die beiden riefen draufhin ihre Frauen an und sagten, daß sie noch heute nach Deutschland müßten. Irgendwann morgen spät oder übermorgen früh würden sie zurück sein. Sie brauchten aber ein Hemd und Socken zum Wechseln, die würden sie sich im Lauf der nächsten Stunde abholen.

Wasenegger und Konwalina fuhren um 2.10 Uhr mit dem Passat von der Roßauer Lände ab. So lange dauerte es trotz aller Hektik, bis Tamandl alle Formalitäten geregelt und sich dabei wegen seines Drängens mit einigen Kollegen verfeindet hatte.

Zehn Minuten später fuhren auch er und die restlichen Männer der Mordgruppe 2 nach Hause.

Die Gruppe würde sich erst wieder am Nachmittag

treffen. Früher hatte es keinen Sinn. Denn auch wenn Wasenegger und Konwalina sehr schnell waren, konnten sie nicht vor dem Abend zurück sein.

Die beiden fuhren zügig und überschritten das auf der Autobahn vorgeschriebene Tempo 130 beträchtlich. Es gab wenig Verkehr um diese Zeit, und die Fahrbahn war trocken. Auch die Baustellen hielten sich in Grenzen. Unerträglich und chaotisch würden die erst wieder während der Hauptreisezeit, im Sommer, sein.

Bis zum Grenzübergang Salzburg brauchten sie zweieinhalb Stunden. Aber knapp davor gab es einen von Frächtern verursachten künstlichen Stau, blokkierten Lastzüge aller Nationalitäten sämtliche Spuren. Und die Gendarmerie vermochte nichts dagegen auszurichten.

„Arschlöcher!" schimpfte Wasenegger, der gerade am Steuer saß. „Wir fahren wie der Niki Lauda, und jetzt stehen wir wegen diesen unguten Trotteln da und kommen nicht weiter!"

Auch Konwalina war sauer.

„Das ist alles wegen der tepperten EG. Der Scheißverein zipft mich an. Alles will durch Österreich durchfahren und die Luft verpesten! In ein paar Jahr' wird's keinen Baum und nichts mehr geben, wegen die blöden Hund'!"

Wasenegger hatte sich wieder beruhigt und sagte gelassen: „Bäum' wird's vielleicht keine mehr geben, Robert. Aber Mörder immer. Komm, rauchen wir uns eine an."

Aber Konwalina keppelte weiter.

Er kurbelte die Scheibe herunter und bellte zu den Gendarmen: „Tuts doch was, hörts! Oder stehts nur zum Luftschnappen da?!" Und zu Wasenegger sagte er: „Ich hab' eh g'rad' geraucht! Ein halbes Pack'l hab' ich von Wien bis daher verblasen. Scheißrauchen. Abgewöhnen sollt' man's sich! Weil . . . Verboten gehören die Frächter! Wenn ich was zu reden hätt', kommert der ganze Verkehr ab sofort auf die Schiene, und basta! Und . . ."

Wasenegger paffte behaglich.

„Ruhig bleiben, Robert. Ein guter Kieberer verliert nicht wegen jedem Schas gleich die Nerven. Außerdem hast nichts zu reden. Das tun schon die Politiker. Also was soll's?"

Er grinste. „Aber kränk dich deswegen nicht. Ich hab' noch weniger zu reden. Nicht einmal bei dir, obwohl ich der Gruppeninspektor bin." Er grinste stärker. „Ich hab' ja nicht über Salzburg, sondern über Passau fahren wollen. Und dann über Regensburg. Dort wär' kein Stau gewesen. Aber du warst ja für Salzburg. Oder?"

„Ja", knurrte Konwalina. „Weil ich ein Trottel war. Aber jetzt geb' ich's Blaulicht auße!"

Er stellte das Blaulicht aufs Autodach, schaltete es ein und das Folgetonhorn dazu. Das wirkte wenigstens einigermaßen. Sie konnten sich mit dem Passat an den Lastzügen der Blockade vorbeischlängeln und zum Grenzübergang vorfahren.

Nach der Grenze zogen sie das Blaulicht wieder ein. Auf deutschem Boden waren sie ja keine Polizisten mehr, sondern ausländische Gäste. Sie durften zwar weiterhin ihre Waffen führen, aber keine polizeilichen Funktionen ausüben.

Wasenegger trat das Gaspedal bis zur Bodenplatte durch. „So, jetzt geht's dahin. Bei die Piefke gibt's ja kein Tempo 130. Da kannst 330 fahren, wennst dabei nicht aufsteigst."

Sie tranken in der nächsten Autobahnstation Kaffee, der „dünn wie die Leopoldin'" war, wie Konwalina nörgelte. Und kauften sich an einem Automaten frische

Zigaretten, weil die billiger als die österreichischen waren.

Ab der Autobahnstation saß wieder Konwalina am Steuer.

Um 8.30 Uhr parkten sie vor der Bamberger Polizeidirektion.

Kriminalhauptkommissar Hammer und seine Leute warteten schon. Sie gaben sich freundschaftlich und geradezu herzlich und führten die Österreicher zuerst zu einem Frühstück.

Der Kaffee war besser als an der Autobahn, aber immer noch wie schwarze Pisse. Aber die ofenwarmen Semmeln waren außen knusprig und innen flockig, auch Butter und Wurst waren einmalig gut.

Nach dem Frühstück wurden Wasenegger und Konwalina dem Leiter der Kripo Bamberg vorgestellt. Der schaute zwar äußerlich anders als Hofrat Tamandl aus, war aber innerlich der gleiche Typ.

Später wurde den Österreichern der festgenommene beziehungsweise verhaftete Horst Soucek vorgeführt. Er schaute die beiden nicht einmal an. Sie schienen Luft für ihn zu sein.

Hauptkommissar Ernst Hammer referierte kurz den Ablauf von Souceks Verhaftung, legte die Stahlrute und den gefälschten Führerschein vor.

„Aha", sagte Konwalina zu Soucek, „du hast also der Waldemar Pfannhauser sein wollen."

Horst Soucek gab keine Antwort. Er zuckte nicht einmal mit der Wimper und schaute durch Konwalina hindurch.

„Auch gut, Alter", brummte Konwalina. „Du willst nicht mit uns reden. Aber warte, bis wir in Wien sind. Dann wirst reden wie ein Landpfarrer und gar nimmer aufhören wollen."

Wasenegger sagte zu dem Uniformierten, an den

Soucek *geschlossen* war: „Geh, Kollege – sei ein Herzerl und geh mit dem aufs Häus'l. Auf der Autobahn bleiben wir nicht gleich nach ein paar Kilometern wieder stehen, weil er schiffen muß."

Während die beiden auf dem WC waren, fragte einer der deutschen Kriminalbeamten: „Und ihr seid sicher, daß der Typ die drei Morde begangen hat?"

Konwalina nickte. „Ja. Hundertprozentig. 's bleibt nur er übrig. Er hat seinen Freund, dem seine Mutter und die Schwester umgeschossen. Am Tatort hat's ausgeschaut wie in Sankt Marx."

Wasenegger erklärte, daß Sankt Marx der Wiener Schlachthof war.

„Es ist eine politische Geschicht'. Irgendein Femegericht bei euch hat ein Todesurteil über den Freund, Keuschnigg hat er g'heißen, verhängt. Und einer aus Wunsiedel hat den Soucek als Exekutor bestimmt. Wahrscheinlich. Übrigens: Den aus Wunsiedel haben wir. Er ist aber in der Haft gestorben. Pech für uns."

Der Uniformierte und Soucek kamen zurück, und Wasenegger sagte: „Na, es war schön bei euch, Burschen. Wir schicken euch Kopien von allen Protokollen über die Sache. Damits ihr auch informiert seids und wißts, wie die Geschichte ausgegangen ist."

Konwalina zog Handschellen hervor und sagte zum Uniformierten: „Kannst dich abhängen, Kollege. Jetzt nehm' ich den Haberer."

Der Deutsche schloß Soucek ab.

Konwalina bog Soucek die Hände auf den Rücken und ließ seine Handschellen zuschnappen.

Soucek schaute starr und hochmütig vor sich hin. Das veranlaßte Wasenegger zu brummen: „Der Arsch schaut uns nicht an. Der schaut nur auf seine Heldenahnen."

Dann erklärte er den Deutschen, was er damit meinte, und sprach von dem Poster EIN JUNGES VOLK und dem Liedtext ... *und über uns die Heldenahnen*, den nur mehr so alte Hunde wie Hotwagner kannten. Und natürlich auch die Neonazis.

Dann bedankten sich die Österreicher nochmals bei den Deutschen und luden sie ein, nach Wien zu kommen. Sie würden dort „beinahe wie Staatsgäste" aufgenommen werden, und ein Heurigenbesuch sei bereits fix eingeplant. Auch ins neue Kriminalmuseum würden sie gehen, und von dort sei es nur ein Katzensprung in den Wiener Prater.

Um 11.20 Uhr fuhren Wasenegger und Konwalina mit Soucek von Bamberg ab. Und durch. Gehalten würde nicht werden. Außer zum Schiffen, wenn einer mußte.

Wasenegger saß hinter dem Lenkrad. Konwalina mit Soucek im Fond.

Kurz vor Salzburg ging ein Graupelschauer nieder. Von da an fuhr Konwalina.

Die Blockade bei Salzburg war aufgelöst worden.

Der Passat erreichte die Wiener Stadtgrenze um 17.20 Uhr.

Um 17.50 Uhr fuhren sie in den Hof des Sicherheitsbüros ein.

Soucek kam vorschriftsmäßig in Haft.

Noch vom Zellentrakt aus riefen die beiden ihre Frauen an. Sagten, sie seien jetzt zurück. Es würde aber vielleicht später werden, bis sie nach Hause kämen.

31

Um 19.40 Uhr begann die erste Einvernahme des wegen Mordverdachtes in drei Fällen verhafteten Horst Soucek.

Anwesend waren: Horst Soucek, 26 – und Oberstleutnant Ewald Stern, die Gruppeninspektoren Otto Hotwagner und Karl Wasenegger sowie die Bezirksinspektoren Robert Konwalina und Franz Berger IV.

Protokollführer war Bezirksinspektor Berger IV., der Einzuvernehmende Horst Soucek war zur Wahrheit ermahnt und auf seine Rechte hingewiesen worden.

Hofrat August Tamandl hatte nicht die Nerven, ebenfalls anwesend zu sein. Er hatte nach der ersten Begegnung mit dem hochmütigen und nur kalt vor sich hin starrenden Soucek gemeint, es wäre sicher am besten, wenn die Mordgruppe 2 unter sich bliebe. Das waren erfahrene und überlegte Kriminalisten, und sie verstanden ihr Geschäft. Er würde sich aber um Kontakte zu den wichtigsten Zeitungen und dem ORF kümmern und für den späteren Abend eine Pressekonferenz zu den Mordfällen Kegelgasse in Aussicht stellen.

Soucek beantwortete vorerst keine der an ihn gestellten Fragen.

Er sagte nur, daß er den Status eines politischen Gefangenen beanspruche und die Zuständigkeit der österreichischen Polizei nicht anerkenne. Er brauche auch keinen Anwalt, weil er nichts auszusagen habe.

Stern, Hotwagner und Wasenegger hielten Soucek alle bisher gesicherten Fakten zu den Morden vor, stießen aber auf absolutes Desinteresse.

Soucek schien taubstumm zu sein.

Konwalina kochte mehrmals Kaffee für alle, auch für Soucek. Aber der lehnte ab, nahm auch angebotene Zigaretten nicht an.

Saß bloß da und starrte irgendwohin.

Um 1 Uhr zeigten sich bei den Männern der Mordgruppe 2 die ersten Verschleißerscheinungen.

Wasenegger, der in einer dunklen Ecke saß, döste immer wieder ein.

Konwalina verließ, irgendwas murmelnd, das Dienstzimmer.

Berger IV. deckte in immer schnellerer Abfolge die mechanische Triumph zu, auf, zu, wieder auf. Er rauchte, wie die anderen, beinahe ununterbrochen.

Hotwagner war sichtlich übermüdet. Er schaute älter aus, als er war. In seinen Bronchien rasselte es, und beide Fußknöchel waren dick geschwollen. Seine Krampfadern traten so stark hervor, daß sie sich deutlich unter den Hosenbeinen abzeichneten.

Unter Sterns rechter Wange zuckte unkontrolliert ein Nerv.

Denn mit Horst Soucek war kein Weiterkommen.

Er saß da, wirkte unbeteiligt und sogar frisch und schaute mit kaltem Blick vor sich hin. Alle Vorhalte seitens der Kriminalisten schienen an ihm abzuprallen.

Soucek war gespannt, hellwach und dachte nicht daran, sich mit den Scheißbullen auf nur irgendeinen Wortwechsel einzulassen. Warum auch.

Polizisten waren Schweine. Gesichtslose und austauschbare Nullpunktexistenzen. Um Polizist zu sein, durfte man keinen Charakter haben. Mußte leer sein. Keine Ahnung von Begriffen wie Ehre und Treue haben. Mußte blöd sein. Nur die Pension, die irgendwann fällig wurde, im Gesichtskreis haben. Arschkriecher sein und tun, was korrupte Politiker verlangten. Tonnenweise Papier vollschmieren. Akten anlegen. Keine Ideale haben und nicht einmal wissen, was ein Ideal war. Polizisten waren ärger als Schweine. Dümmer und vor allem gemeiner.

Nur: Diese Schweine wußten alles. Was sie ihm dauernd vorhielten, stimmte bis auf Kleinigkeiten.

Aber das brauchte er ihnen nicht zu sagen.

Er saß da und ließ sie reden.

Sie sagten sowieso immer dasselbe.

Sie gehören der neonazistischen Gruppe Odoaker an und . . .

Sie haben Dieter, Ursula und Marion Keuschnigg in der Wohnung Kegelgasse 14 mit Vorbedacht ermordet, weil . . .

Die Tatwaffe war eine Pistole P 38, Kaliber 9 mm, und Sie haben die Geschosse . . .

Sie haben den toten Dieter Keuschnigg auf die Donauinsel verbracht und . . .

Nachdem Sie Ihren VW-Bus in der Donau versenkten, sind Sie . . .

In der Bundesrepublik haben Sie . . .

Ihr Auftraggeber war ein gewisser Konrad Pichler, der . . .

Wo haben Sie sich des Kopfes und der Hände Dieter Keuschniggs entledigt, und . . .

Während die anderen versuchten, aus Soucek ein Wort herauszubekommen, stand Hotwagner schwerfällig auf und tappte wie ein Bär um Soucek herum.

Nach der achten Runde blieb er vor ihm stehen und schaute ihn stumpf an.

Als Oberstleutnant Stern wieder von vorn anfing und fragte: „Herr Soucek! Geben Sie zu, daß Sie . . .", verlor Hotwagner die Nerven.

Er packte Soucek mit der linken Hand an der Jacke und riß ihn hoch. Dann schlug er mit der rechten zu.

Einmal mit dem Handrücken, dann mit der Handfläche.

Souceks Kopf flog hin und her.

„Otto!" schrie Stern. „Nicht!"

Er legte von hinten seine langen Arme um Hotwagner, um ihn daran zu hindern, den Soucek weiter zu schlagen. Aber Hotwagner schüttelte ihn bloß ab und schlug nochmals zu.

„Laß mich, Waldi", sagte er schwer atmend zu seinem Gruppenführer. „Ich weiß, wie man den Rotzbuben behandeln muß."

Und zu Soucek: „Wennst nicht bald redest, mach' ich aus dir ein Faschiertes, du Hundsbub! Bei mir spielst keinen Steher! Merk dir das!"

Er ließ Soucek los und stieß ihn auf den Sessel zurück und schnaufte: „Jetzt red, oder . . . Red und spiel nicht den Helden! Du bist ja nichts wie eine kleine, miese, feige Drecksau! Gehst her und schießt unschuldige Leut um wie Papierblumen in einer Praterbude! Glaubst dabei, es schauen dir deine Heldenahnen zu und sind stolz auf dich! Aber es gibt keine Heldenahnen, du Trottel! Keine! Und wenn doch, so scheißen sie dich mit siebenerlei Dreck an, du Ratz! Du glaubst, daß deine Ehre Treue heißt – wie das ganze Nazigesindel! Bist aber eine genauso feige Sau wie die SS-Leut', die Kinder und alte Leut' umgebracht haben und drauf noch stolz waren! Aber dann, wie man sie erwischt hat, sind sie wie angeschissen vor Gericht gestanden und haben alles abgestritten oder nichts gewußt!"

Hotwagner keuchte und mußte krampfhaft husten, packte Soucek aber trotzdem wieder an der Jacke und zog ihn nochmals hoch und ganz nahe an sich heran.

Dann sagte er, ganz ruhig und fast tonlos: „Wennst zumindest ein bisserl ein Mann sein willst, dann gib wenigstens zu, was du gemacht hast, hörst."

Und fast väterlich: „Ich hab' keine Heldenahnen und bin ein alter Mann. Aber eines kann mir niemand nachsagen, wenn ich einmal hin bin: Gelogen hab' ich nie. Und feig war ich auch nicht. Zu dem, was ich gemacht hab', bin ich immer gestanden."

Er ließ Soucek los und wandte sich zu seinem Gruppenführer um. „Und ich steh' auch jetzt dazu. Wennst mir ein Disziplinar anhängen willst, weil ich den Soucek gehaut hab' – bitte, Waldi. Aber ich hab' nicht anders können."

Im Dienstzimmer war es so still, daß man das Rasseln in Hotwagners Bronchien hörte.

Dann nahm Soucek plötzlich Haltung an und sagte: „Ich bin nicht feige. Stehe zu meinen Taten. Ich lege ein Geständnis ab."

Und unvermittelt: „Dürfte ich um eine Zigarette bitten?"

32

Horst Soucek rauchte, trank eine Schale Kaffee und begann um 1.20 Uhr zu reden.

„Ich weiß, daß ich nicht gestehen brauch'", sagte er. „Sie haben sicher genügend Indizien, die gegen mich sprechen. Diese würden vor Gericht zu einem Schuldspruch reichen. Aber ich gestehe, weil ich zu meinen Taten wie ein Mann stehe. Ich werde auch vor Gericht sprechen. Damit die Öffentlichkeit weiß, warum ich getötet habe. Nicht aus einer niedrigen Bewegung, sondern aus Ehrgefühl. Hinter meiner Tat steht eine Idee, die größer ist als ich. Die ewig sein wird."

Berger IV. hämmerte in die Triumph. Soucek schaute ihn an und fragte: „Spreche ich zu schnell? Kommen Sie mit?"

Als Berger IV. nickte, setzte Soucek fort.

„Ich habe die Tat nicht als Einzeltäter begangen. War nur die letzte Hand in einer Reihe. Hinter mir stehen viele Kameraden. Und es werden immer mehr."

„Wir wissen das", sagte Stern. „Wir kennen zumindest umrißhaft das Netz rechtsradikaler Organisationen. Und auch, daß Sie den Mordauftrag von Konrad Pichler erhalten haben."

Otto Hotwagner saß mit hängenden Schultern seitlich von Soucek und rauchte. Dessen Geständnis interessierte ihn kaum mehr. Was geschehen war, war ja bis auf Kleinigkeiten bekannt. Ihn interessierte eigentlich nur mehr dieser Soucek.

War das noch ein Mensch? Oder ein Automat? Eine Figur, die auf Ideen und Befehle programmiert war, die einfach alles machte, was man ihr auftrug? Wie viele gab es von seiner Sorte? Und – was sollte man mit so einem machen, wenn man ihn erwischte? Gleich niederschießen? Ohne Umstände? Weil sowas eben nicht auf die Welt gehörte?

Hotwagner wußte auf diese Fragen keine Antworten. Er fühlte sich leer und maßlos verbraucht.

Die Massenmedien regten sich ununterbrochen über Kleinigkeiten auf. Über die Ausrottung der Wildtiere. Übers Ozonloch. Über die Gefahr eines Super-Gaus irgendeines Atomkraftwerks. Übers Baumsterben.

Darüber, daß die Welt kaputt gemacht wurde.

Na und? Spielte das eine Rolle angesichts der Tatsache, daß es Menschen wie diesen Soucek gab? Viele, viele Souceks? Und überall? Und Bürgerkriege und Ungerechtigkeit und Politiker, die für all das verantwortlich waren, aber fette Gehälter einsteckten, es sich gutgehen ließen und dauernd vom Fernsehschirm heruntergrinsten, während sich ihre Anhänger abschlachteten.

War da nicht besser, wenn die Welt mitsamt allem, was drauf war, zugrunde ging? Und besser heute als morgen? Hatte nicht jeder der vielen Milliarden, die über die Erdkugel krochen und nur geboren wurden, um früher oder später wieder zu sterben, irgendeine Idee von Helden oder Heldenahnen?

Wußte denn er selber, ob seine lebenslange Jagd nach Mördern sinnvoll war? Denn die Kleinen fing man nach mühevoller Arbeit, strafte sie ab und sperrte sie ein – während die Großen unbestraft blieben und die Brust voller Orden hatten?

Dabei waren es die Ideen, die eingesperrt gehörten.

Denn nur sie machten die Menschen zu Verbrechern. Nur sie. Aber auch die Ideen blieben unbestraft. Wurden sogar angehimmelt. Standen über allem. Dabei war eine Idee so beschissen und verlogen wie die andere.

Sie verpesteten alles. Nur sie.

Hotwagner hörte Soucek reden und reden und hätte am liebsten geweint. Aber ein alter Hund von Kieberer durfte sowas nicht. Von dem erwartete man anderes. Denn hinter einem Polizisten stand ja eine andere Idee.

„Der Verrat von Keuschnigg“, sagte Soucek eben, „begann damit, daß dieses Schwein sich mit Andreas Gryphius beschäftigte. Wir mußten ihn während eines Seminars lesen. Bei keinem von uns hinterließ das einen Eindruck. Was Gryphius schrieb, war überholt, ungereimt und schwülstig. Aber nicht für Keuschnigg. Er verbiß sich in den Mann und dessen Moralvorstellungen, begann so abstrus wie Gryphius zu denken. Träumte von Gleichheit aller Rassen und hielt unsere Lehre für falsch. Leugnete den Primat deutsch-germanischen Blutes. Aber ich will nicht in Einzelheiten gehen. Jedenfalls wollte er sich von uns trennen und uns vielleicht sogar auffliegen lassen. Doch von uns trennt man sich nicht. Und uns läßt man nicht auffliegen.“

Soucek bat wieder um eine Zigarette und sprach weiter.

„Ich hab’ versucht, Keuschnigg wieder auf den rechten Weg zu bringen und von einer Fahnenflucht abzuhalten. Es war zwecklos. Ich mußte übergeordnete Stellen mit dem Fall befassen. Pichler kam nach Wien und redete mit Keuschnigg. Zwecklos. Keuschnigg versuchte ihn darüber zu belehren, was er und Gryphius für ein *unverzagt Gemüt* hielten.

Keuschnigg war zu einer potentiellen Gefahr für uns geworden. Pichler gab ihm trotzdem eine Chance und fuhr in die Bundesrepublik zurück. Dann begann Keuschnigg unverhüllt gegen uns zu polemisieren. In kryptokommunistischen Blättern wie dem *Falter* und ähnlichen Sudelblättern. Setzte sich mit dem Dokumentationsarchiv des österreichischen Widerstandes in Verbindung. Dort wimmelt es von Juden und Kommunisten. Lieferte denen sogar Material über uns. Das war sein Ende.

Ich erhielt den Auftrag, ihn aus dem Verkehr zu ziehen. Sie wissen, was auf Fahnenflucht und Kameradenverrat steht, meine Herren: der Tod."

Soucek schaute kalt vor sich hin, räusperte sich, bat um ein Glas Wasser und redete weiter.

Berger IV. hämmerte auf die Tasten.

„Ich setzte mit Keuschnigg ein Treffen fest. In seiner Wohnung. Für einen Tag, wo wir sicher waren, er würde allein sein. An dem Tag sollten Keuschniggs Mutter und Schwester eine Busreise nach Preßburg machen. Also: maximale Verhältnisse.

An diesem Tag fuhr ich um vierzehn Uhr mit meiner P 38 in die Kegelgasse. Es wimmelte dort von Idioten, die sich die Machwerke des Juden Hundertwasser ansahen.

Keuschnigg war allein zu Hause. Wir gingen in sein Zimmer, und ich kam zur Sache. Hielt ihm das Urteil der Kameraden vor. Zog Handschuhe an. Keuschnigg erwies sich als Waschlappen. Brach zusammen und weinte. Er mußte vor mir seinen PC und alle Disketten löschen. Das dauerte lange. Danach ließ ich ihn niederknien und las ihm den Artikel über das Begräbnis des

Kameraden Reder vor. Betonte den Markstein: *Unsere Ehre heißt Treue.* Dann vollstreckte ich das Urteil. Das Schwein war sofort tot. Überall war Blut. Ich wickelte ihn in den Teppich und verschnürte ihn."

Berger IV. schrieb und schrieb. Dabei spürte er, wie ihm schlecht wurde.

„Es war zuviel Blut", sprach Soucek weiter. „Ich wickelte Keuschnigg wieder aus, holte mir Handtücher aus einem Kasten und hüllte seinen Kopf damit ein. Dann verschnürte ich ihn wieder in den Teppich. Es sickerte kein Blut mehr durch.

Ich wollte eben mit dem Paket die Wohnung verlassen, als ich jemand an der Tür hörte. Keuschniggs Mutter und Schwester waren nicht nach Preßburg gefahren.

Ich hörte die Schlüssel und versteckte mich im WC. Die zwei Frauen kamen in die Wohnung. Vielleicht hätte ich flüchten sollen. Ich verlor aber die Nerven. Ließ die beiden in die Wohnung gehen.

Die Tochter ging ins Zimmer weiter, die Mutter blieb im Vorzimmer. Ich trat hinter sie und schoß. Draufhin kam die Tochter ins Vorzimmer zurück. Also mußte ich auch sie erschießen.

Dann öffnete ich die Wohnungstür, um festzustellen, ob jemand die Schüsse gehört hatte. Aber alles blieb ruhig. Irgendwo im Haus ratterte eine Bohrmaschine. Man hörte nichts außer ihrem Kreischen.

Dann wusch ich mich im Badezimmer. Plötzlich läutete das Telefon im Wohnzimmer. Ich ließ es läuten, nahm das Teppichpaket und verließ die Wohnung. Im Stiegenhaus begegnete ich niemand. Auf der Straße war ein derartiges Gedränge von Touristen, daß es keinem auffiel, daß schon wieder Blut aus dem Teppich sickerte.

Ich verlud den Teppich in meinen Bus und fuhr nach Hause. Parkte in einer Kurzparkzone, vergaß aber, einen Schein auszufüllen. Ich war nervös und am Rande der Beherrschung.

Daheim versuchte ich, Pichler und andere Kameraden anzurufen, aber keiner war erreichbar."

Soucek lächelte sekundenlang und sagte: „Fragen Sie nicht, wen ich anrief. Sie werden die Namen nicht erfahren. Ich bin kein Schwein wie der Keuschnigg.

Also: Am nächsten Morgen ging ich zum Bus und fand einen Strafzettel an der Windschutzscheibe. Ich warf ihn weg und fuhr los. An verschiedene Plätze, an denen ich das Paket vergraben wollte. Aber überall waren Leute. Es ging nicht. Also fuhr ich in den Prater, stellte den Bus ab, aß an einer Bude und ging spazieren. Wartete, bis es dunkel wurde. Dann fuhr ich auf die Donauinsel.

Vorher versuchte ich, von einem Gasthaus, das voller Türkenschweine war, Pichler oder andere Kameraden zu erreichen. Wieder ohne Erfolg.

Auf der Donauinsel war ich allein. Ich versuchte zunächst, den Teppich mit Keuschnigg zu verbrennen, aber das funktionierte nicht. Teppich und Keuschnigg kohlten bloß an.

Darauf schaufelte ich eine Grube und hackte mit dem Spaten Kopf und Hände Keuschniggs ab. Ich versuchte, die Leiche zu zerstückeln, hatte aber keinen Erfolg. Also begrub ich sie samt dem Teppich.

Anschließend gab ich den Kopf und die Hände Keuschniggs in einen festen Plastiksack, legte auch meine P 38 und die Lederhandschuhe dazu und füllte den Sack mit Steinen auf.

Es war nun schon völlig dunkel. Ich fuhr mit dem Bus von der Donauinsel weg und in Richtung Albern. Planlos. Aber dann hatte ich eine Idee."

Soucek bat wieder um eine Zigarette und, wenn möglich, eine Tasse Kaffee.

Stern hielt ihm seine Packung hin, und Hotwagner ging wortlos zur Kaffeemaschine.

„In Albern“, setzte Soucek fort, „gibt es ein kleines Gasthaus. Dort aß und trank ich etwas, ich weiß nicht mehr, was. Und versuchte wieder, einen Kameraden zu erreichen. Erfolglos. Dann hatte ich eine Idee. Ich fuhr zur Donau und warf zuerst den Plastiksack mit den Sachen hinein.“

Als Soucek ganz ruhig „mit den Sachen“ sagte, hätte Hotwagner am liebsten die Kaffeemaschine aus der Verankerung gerissen und sie Soucek an den Kopf geworfen.

Er sagte sich aber, daß er heute schon undiszipliniert genug gewesen war und die Nerven weggeschmissen hatte. Nur: Ein Mensch wie Soucek ließ einen eben wirklich die Beherrschung verlieren. Wenn sowas wie Soucek überhaupt ein Mensch war.

Der Kaffee begann zu sprudeln. Hotwagner füllte die Schalen und gab auch Soucek eine.

Der nickte dankend und kam zum Schluß.

„Dann legte ich meine Papiere ins Handschuhfach und fuhr den VW-Bus in die Donau. Er versank rasch. Vom Plastiksack war nichts mehr zu sehen.“

Soucek begann plötzlich leiser und sehr schnell zu sprechen. Berger IV. mußte mehrmals „Langsam! Ich bin kein Weltmeister!“ sagen.

„Ich bin dann“, sagte Soucek etwas gebremst, „zu Fuß in Richtung Fischamend gegangen. Irgendwo knapp davor parkte ein Mazda 323. Ich brach ihn auf, schloß den Starter kurz und fuhr auf Umwegen in Richtung Westautobahn. Von einer Raststelle aus telefonierte ich wieder. Diesmal erreichte ich Pichler. Er drehte durch, als er hörte, daß es statt einem jetzt drei Tote gab. Sah aber ein, daß dies nicht mehr zu ändern war. In jedem Krieg sterben ja auch Unbeteiligte. Das ist so. Er sagte mir, daß ich sofort kommen solle, und nannte mir die Anlaufstelle.

Vom Parkplatz der Raststätte stahl ich einen anderen Wagen. Er war übrigens unverschlossen. Es war ein großer Renault mit französischer Nummer. Der Tank war voll, und ich fuhr in Richtung Salzburg. Vor Salzburg ließ ich den Renault stehen und ging zu Fuß nach Golling weiter, wo ich mir Wanderschuhe und einen Rucksack kaufte, um wie ein Tourist auszusehen. An der vereinbarten Stelle überquerte ich die Grenze nach Bayern. Dort wurde ich bereits von einem Kameraden erwartet und weitergebracht."

Soucek trank seinen Kaffee aus und bat wieder um eine Zigarette.

„In Deutschland halfen mir die Kameraden. Fragen Sie nicht, wer und wo. Ich werde es nicht preisgeben. Ich bin kein Verräter.

Jedenfalls erhielt ich Unterkunft und neue Papiere, war sicher. Wäre sicher gewesen, hätte ich nicht die Dummheit begangen, mich in Bamberg zu besaufen und mit diesen zwei Skinheads umherzuziehen. Ich hätte mich auch von diesen Scheißjuden nicht provozieren lassen dürfen. Aber es ist eben geschehen. Alles weitere wissen Sie ja."

Soucek stand auf, schlug die Hacken zusammen und sagte: „Das hatte ich auszusagen, meine Herren."

Und zu Hotwagner: „Ich bin kein feiges Schwein, sondern stehe zu meinen Taten. Die Öffentlichkeit soll erfahren, wie ein Deutscher handelt."

Dann zu allen: „Man wird mich als Verbrecher aburteilen. Ich bin aber keiner, sondern Soldat. Keuschnigg hat seine Strafe verdient. Den Tod der beiden Frauen habe ich nicht gewollt. Sie verstehen aber, daß ich sie erschießen mußte. Ich bin stolz drauf, meine Pflicht erfüllt zu haben. Das ist alles. Sie können mich jetzt wegbringen."

„Ja", sagte der Oberstleutnant und fragte Berger IV.: „Hast du alles, Burli?"

Berger IV. nickte und zog das letzte Blatt aus der Triumph.

Otto Hotwagner wuchtete sich zu Soucek und brummte: „Du bist also stolz . . . Na, wahrscheinlich werden die Heldenahnen auch stolz auf dich sein."

Dann sagte er: „Komm, wir gehen. Gemma. Dein Geständnis kannst morgen unterschreiben. Wir müssen's noch rein schreiben. Das dauert."

Es war 2.40 Uhr.

ERNST HINTERBERGER, geboren 1931 in Wien, lebt als freier Schriftsteller ebenda. Förderungspreis der Stadt Wien, Anton-Wildgans-Preis. Buchveröffentlichungen: *Beweisaufnahme* (1965), *Salz der Erde* (1966), *Wer fragt nach uns* (1975), *Das Abbruchhaus* (1977), *Jogging* (1984), *Superzwölfer* (1988), *Kleine Leute* (1989), *Das fehlende W* (1990). Zahlreiche Fernsehspiele, darunter auch die Serien *Ein echter Wiener geht nicht unter* und *Kaisermühlenblues*, ferner Bühnenstücke und Hörspiele.

Haffmans Kriminalromane im Heyne-Taschenbuch

Gisbert Haefs

Baltasar Matzbach, die eß- und trinkfeste Hauptfigur in Haefs' Romanen, ist der wohl originellste Privatdetektiv deutscher Abstammung.

Das Doppelgrab in der Provence
05/25

Mörder & Marder
05/45

Und oben sitzt ein Rabe
05/51

Wilhelm Heyne Verlag
München

HEYNE BÜCHER

„Ich bin Barbara Passrugger, geborene Hofer. Meine Eltern waren Johann und Anna Hofer, Bauersleute vom Rettenegg-Gut in Filzmoos. Ich war deren achtes Kind. Da wurde mir schon ein hartes Schicksal in die Wiege gelegt."

Im Alter blickt Barbara Passrugger auf ihr schweres, aber erfülltes Leben als Bergbäuerin und Sennerin zurück. Ein Leben voll Armut, harter Arbeit, Entbehrungen und Schicksalsschlägen, aber auch voll Sinneslust und Lebensfreude.

19/2027

19/2043

Wilhelm Heyne Verlag
München